Herzsprung
Verlag

Impressum:

Besuchen Sie uns im Internet:
www.herzsprung-verlag.de

© 2016 – Herzsprung-Verlag
Mühlstr. 10, 88085 Langenargen
info@herzsprung-verlag.de
Alle Rechte vorbehalten. Erstauflage 2016

Lektorat und Herstellung: Redaktionsbüro Martina Meier
www.cat-creativ.at

Auslieferung: Papierfresserchens MTM-Verlag
www.papierfresserchen.de

Titelbild: ischoenrock – fotolia.de lizenziert
Druck: bookpress / Olsztyn – gedruckt in der EU

ISBN: 978-3-96074-000-1 – Taschenbuch
ISBN: 978-3-96074-169-5 – E-Book

Martina Meier (Hrsg.)

Liebe im Wandel der Zeiten

Herzsprung-Verlag

Für Thorsten

Inhaltsverzeichnis

Das unsterbliche Lachen

Der alte Mann drehte sich noch einmal um. Dieses Lachen, das er gerade gehört hatte, kannte er. Aus einer Zeit, lange vor dieser Zeit. Aus einem Leben, das einmal seins gewesen war. Er schloss die Augen ... und sah dieses Leben wieder vor sich. Ganz klar und deutlich, so als wäre es erst gestern gewesen – und nicht schon vor 60 Jahren.

Der alte Mann hielt inne.

„So lange habe ich dieses Lachen nicht mehr gehört", murmelte er vor sich hin und hielt die Augen weiter geschlossen.

Da waren sie wieder, die Bilder des Jahres 1944 als er – gerade einmal 15 Jahre alt – seine große Liebe kennengelernt hatte. Langes rotes Haar hatte sie und das ganze Gesicht voller kleiner Sommersprossen. Wenn die Sonne schien, dann glitzerten sie wie Sterne in der Nacht. Oh, wie hatte er diese Sommersprossen geliebt. Einmal hatte er sogar versucht, all ihre Gesichtspunkte zu zählen. Doch er hatte es nicht geschafft. Ihr roter Mund hatte ihn so verführerisch angelächelt, dass er gar nicht anders gekonnt hatte. Er hatte sie in diesem Moment einfach küssen müssen. Und dann hatte er die bereits gezählten Sommersprossen gleich wieder vergessen und das Zählen ganz aufgegeben.

„Oh Elena. Ich werde dich immer lieben. Egal was passiert." Das waren damals seine Worte gewesen. Und Elena hatte gelacht.

So wie gerade eben hatte sich das Lachen angehört. 60 Jahre später. An diesem zugigen Bahnhof. Genauso unschuldig und so rein.

„Ach Fritz", hatte Elena ihm damals geantwortet, „versprich nicht solche Dinge. Wir sind noch so jung. Wer weiß schon, was uns dieses Leben noch bringen wird."

„Dich werde ich nie aufgeben", hatte er damals antworten wollen, doch Elena hatte ihm den Zeigefinger auf den Mund gelegt und geflüstert: „Sei still und genieße." Dann hatte sie ihm ein Döschen in die Hand gedrückt und gesagt: „Für dich, mein Lieber. Es wird dich immer an mich erinnern. Egal was passiert." Den Sinn dieser Worte hatte er Fritz zu diesem Zeitpunkt nicht verstanden. Aber er hatte geschwiegen und nicht nachgefragt. Er liebte Elena doch so sehr. Und sie ihn. Was sollte da schon geschehen?

Noch heute bereute er, dass er an jenem Sommertag, als Elena und er, Fritz, im Heu im Pferdestall seines Vaters gelegen hatten, nicht allen Mut gefasst hatte, ihr all das zu sagen, was ihm damals so sehr auf dem Herzen lag. Dass er noch nie einem Menschen begegnet war, dem er sich so nahe fühlte. Dass er sie mehr liebte als sein Leben. Dass er alles für sie gegeben und aufgegeben hätte, für sie, Elena, die Tochter der Zugehfrau seiner Eltern.

Nur seiner Großmutter hatte er von seiner Liebe zu dem Mädchen erzählt. Sie hatte gelächelt und gesagt: „Alles wird sich finden."

Seine Eltern durften von Elena nichts wissen. Sie hätten Elenas Mutter sofort die Stellung gekündigt. Ihr Sohn und die Tochter der Zugehfrau – ein Skandal, so hörte er förmlich den Ausruf seiner Mutter in seinen Ohren klingen – obwohl sie diese Worte natürlich nie gebraucht hatte. Doch Fritz kannte seine Mutter gut genug, um einschätzen zu können, dass sie eine Liebschaft ihres Sohnes, der immerhin Sohn eines hohen Parteibonzen war, und der Tochter einer Putzfrau nie und nimmer geduldet hätte.

Und noch war Fritz, der Oberschüler, von seinen Eltern abhängig. Deshalb hatte er geschwiegen.

Und es den Rest seines Lebens bereut. Denn schon einen Tag später war Elena aus seinem Leben verschwunden. Spurlos. Niemand wusste, wohin ihre Familie gegangen war. Im Krieg Nachforschungen anzustellen, war fast unmöglich. So blieb damals für Fritz nur die Hoffnung auf die Zeit nach dem Krieg.

Die Jahre vergingen. Ein Jahr ums andere. Doch nie fand Fritz auch nur eine Spur dieses geliebten Mädchens. Es war fast so, als hätte es Elena nur in seiner Fantasie gegeben. Als wäre sie immer nur ein Gebilde seiner Gedanken gewesen, ein Wunschtraum, niemals real.

In solch verzweifelten Situationen nahm Fritz jedes Mal das kleine bunte Döschen zur Hand, das Elena ihm an diesem letzten gemeinsamen Tag geschenkt hatte. Darin lag eine feuerrote Haarlocke, ihre Locke. Das Döschen war sein Heiligtum, sein Talisman. Fritz verehrte es, trug es stets bei sich. Es war sein Beweis, dass es Elena wirklich einmal gegeben hatte.

Jahre hatte er mit der Suche nach ihr verbracht. Und immer, wenn er ein Mädchen, eine Frau mit feuerrotem Haar sah, klopfte noch heute sein Herz wie wild. Es schien zerspringen zu wollen, so groß war und blieb die Sehnsucht nach ihr.

Doch keine der Frauen mit feuerroten Haaren, die ihm ein ganzes Leben lang begegnet waren, war Elena gewesen. In seiner Verzweiflung war Fritz sogar irgendwann einmal zu einer Wahrsagerin gegangen.

„Du wirst sie finden", hatte sie ihm mit auf den Weg gegeben, „in einem ganz besonderen Moment", und gleich danach 50 Mark kassiert. Gefunden aber hatte Fritz Elena nie.

Jetzt war er alt und ohne Hoffnung. Sein Rücken gekrümmt, sein Geldbeutel leer. Fritz hatte es weit gebracht! Ja, sogar bis ganz nach oben in einem internationalen Unternehmen. Er hatte viel Geld verdient. Geld, das ihm nie etwas bedeutet hatte. Denn sein ganzes Glück hatte er an jenem Tag im Jahr 1944 verloren. An dem Tag, als Elena verschwunden war. Nie wieder hatte er eine Frau getroffen, die ihm so viel bedeutete wie Elena.

Beruflich war es dann eines Tages bergab gegangen. Mit einem Mal hatte man ihn in der Firma nicht mehr gebraucht, ihn aufs Abstellgleis geschoben.

Und Fritz? Der hatte angefangen zu trinken. Sein ganzes Leben war ihm mit einem Mal so sinnlos vorgekommen.

Heute lebte Fritz auf der Straße. Alt. Ein gebrochener Mann. Ohne Hoffnung. Auf die Almosen seiner Mitmenschen angewiesen. Und zum Sterben bereit.

Aber genau in dem Moment, in dem er seinem Leben am Bahnhof ein Ende setzen wollte, hatte er dieses Lachen gehört.

Das Lachen aus einer anderen Zeit.

Ihr Lachen.

Fritz schaute sich um.

Etwas abseits der Gleise stand eine alte Frau mit einem kleinen Mädchen. Mit feuerrotem Haar. Und es lachte aus vollem Herzen. Als es sich umdrehte, sah Fritz die Sommersprossen.

Die Kleine blickte ihn an. Und flüsterte: „Komm zu mir. Ich bin bereit." Obwohl Fritz einige Meter von ihr entfernt stand, hatte er jedes Wort genau verstanden.

Er ging auf sie zu.

Immer näher.

Und näher.

Dann sah er dem Mädchen genau in die Augen.

Es war Elena!

So blühend schön wie vor 60 Jahren. So jung, als wären nicht Jahrzehnte an ihnen vorübergezogen, sondern gerade einmal Stunden.„Ich habe auf dich gewartet", sagte sie. „Wo warst du nur so lange?"

„Elena", antwortete Fritz. Und kein Wort mehr.

Mit einem Mal spürte er das Leben in seinen Körper strömen. Fühlte sich wie ein Jüngling, nicht wie der alte Mann, der er nun war. Er streckte Elena die Arme entgegen – und starb. Als Passanten den alten Mann auf dem Bahnsteig liegen sahen, riefen sie einen der Schaffner herbei. Der kniete neben dem Toten nieder, schloss ihm die Augen, auf denen noch immer ein ungewöhnlicher Glanz lag, und faltete ihm die Hände. Dabei kullerte ein kleines Döschen auf den Bahnsteig. Der Deckel öffnete sich und eine rote Haarlocke suchte sich ihren Weg. In die Freiheit.

Nur das kleine rothaarige Mädchen, das noch immer am Bahnsteig mit seiner Großmutter auf den Zug wartete, hatte gesehen, wie dem alten Mann die Dose aus der Hand gefallen war. Nun hob sie sie auf und betrachtete die Dose genau.

„Oma, sieh einmal", sagte das Kind und hielt der Großmutter den Deckel entgegen. „Hier steht was drin."

Die alte Frau mit den langen grauen Haaren und den vielen Sommersprossen im Gesicht nahm den Deckel in die Hand. „Für meinen geliebten Fritz. Wir sehen uns wieder. Irgendwann. Irgendwo. Elena", flüsterte sie.

„Oma", rief nun das Mädchen ganz aufgeregt. „Die Frau auf diesem Deckelchen heißt so wie du."

Die alte Frau lächelte.

„Fritz", sagte sie. Sie kniete sich neben den Toten, um den sich inzwischen Sanitäter und Polizisten kümmerten. „Ich bin wieder da." Sie nahm seine noch warme Hand in die ihre und hatte plötzlich das Gefühl, als würde ihr der tote Mann hier auf dem Bahnsteig noch einmal die Hand drücken – so wie er das zuletzt vor 60 Jahren getan hatte.

„Ich musste gehen", sagte sie zu ihm.

Und nur zu ihm. Er würde sie hören.

„Ich habe dich so sehr geliebt", fuhr Elena fort. „Doch ich bin Jüdin und meine Eltern hatten zum Kriegsende solche Angst, dass doch noch jemand unser Geheimnis lüften könnte. Deine Großmutter hat uns bei der Flucht geholfen. Sie wusste damals um uns. Ich wollte sie doch nicht in Gefahr bringen, deshalb musste ich damals so einfach ohne Abschied von dir gehen. Es hat mir das Herz gebrochen, aber es ging nicht anders. Nun hast du mich wieder. Und ich liebe dich noch immer. So sehr, wie ich dich mein ganzes Leben lang geliebt habe."

Die alte Dame drückte dem Toten zum Erstaunen aller Umstehenden einen Kuss auf die Wange. Dann nahm sie das rothaarige Mädchen an die Hand und sagte: „Lass uns gehen. Unsere Aufgabe hier ist erfüllt."

Martina Meier studierte Literaturwissenschaft, Publizistik und Politik in Münster und Mainz. Die Erfolgsautorin und versierte Journalistin initiierte 2004 das Papierfresserchen-Projekt, gründete 2006 das Redaktions- und Literaturbüro MTM und 2007 gemeinsam mit ihrem Mann Papierfresserchens MTM-Verlag. Im September 2014 folgte die Gründung des Herzsprung-Verlags.

Lächeln

Lächeln! Immer nur lächeln. Wie lange muss ich denn noch hier sitzen? Ich weiß gar nicht, warum ich mich auf diesen Deal überhaupt eingelassen habe. Im Grunde ist mein Vater schuld. Er hat es mit ihm abgesprochen. Aber konnte ich ahnen, dass das Ganze so lange dauern würde?

„Lächeln!", erinnert er mich schroff.

Dabei ist mir gar nicht nach Lächeln zumute. Ich muss schon seit einer halben Ewigkeit aufs Klo. Vermutlich habe ich mir wieder eine Blasenentzündung eingefangen auf diesem kalten Stuhl hier. Überhaupt zieht es von irgendwo. Kalte Füße habe ich auch. Aber ich muss immer nur lächeln. Wenn er wenigstens mit mir sprechen würde ... aber nein, er schweigt. Ich mag ihn nicht. Dabei kann ich gar nicht genau sagen, warum.

Ist es sein Äußeres? Diese zotteligen Haare und der lange Bart! Er sieht immer so ungepflegt aus!

„Lächeln!", ruft er mir erneut zu.

Er ist wütend, dabei habe ich doch gar nichts gemacht! Ja, ja, lächeln, ich weiß! Für wie blöd hält er mich eigentlich? Ich lächele und lächele. Meine Mundwinkel tun weh, fühlen sich irgendwie taub an. Ich kann nicht mehr. Wie lange denn noch? Jetzt habe ich auch noch Hunger. Mein Magen knurrt laut. Hoffentlich hat er das nicht gehört. Ich finde, er könnte mir ruhig mal etwas anbieten. Zumindest ein Glas Wasser oder ein Stück Brot. Aber nein, so etwas gibt es in diesem Haushalt anscheinend gar nicht. Hätte ich heute Morgen bloß etwas mehr zum Frühstück gegessen, aber meine Mutter hat mich so gehetzt. „Lauf, lauf schnell zu ihm, damit du ja pünktlich bist!" Als wenn es auf fünf Minuten ankäme ... Ich glaube, meine Augen fallen gleich zu. Mir ist sooooo langweilig. Jetzt habe ich schon fünfmal bis tausend gezählt und mir fällt einfach nichts mehr ein, woran ich noch denken kann.

Plötzlich sieht er mich streng an und krault seinen Bart. Für einige Sekunden wage ich kaum zu atmen. Bin ich fertig? Ich wage es kaum zu hoffen. Doch er springt auf, seine Augen blitzen gefährlich. So aufgewühlt habe ich ihn noch nie erlebt. Was ist denn plötzlich los? Er scheint der Welt entrückt zu sein, starrt mich unentwegt an. Wieso fängt mein Herz an zu rasen? Wie er mich ansieht ... der Blick geht mir unter die Haut. Seine Augen wandern hin und her. Oh mein Gott, jetzt kommt er auf mich zu? Was will er nur von mir?

Jetzt berührt er mein Haar! Meine Schulter! Ich spüre Elektrizität, ich will ihn auch berühren, aber ich traue mich nicht. Ein Knistern liegt in der Luft, ich halte es kaum aus! Ich verstehe gar nicht, was hier passiert! Hat er mich verzaubert? Eine Haarsträhne fällt mir ins Gesicht.

Fast zärtlich, wie in Zeitlupe, fasst er sie mit zwei Fingern und legt sie auf meine Schulter. Er steht so dicht neben mir, dass ich seine Wärme spüre. Er riecht nach Farben und altem Holz. Ich liebe diesen Geruch. Warum ist er mir früher nicht aufgefallen? Sein Atem geht schwer. Ich muss lächeln, ich bin plötzlich so glücklich, so schwerelos, so frei. Ich habe das Gefühl, dass ich gleich unter die Decke schwebe. Bin ich gestorben? Ich weiß es nicht. Und wenn es so ist, dann finde ich den Tod wunderschön! Er tritt einige Schritte zurück und ruft: „Bleib so, wie du bist. Nicht bewegen! Weiter lächeln, das ist es, das ist genial, Mona Lisa!"

Dörte Müller, geboren und aufgewachsen im Harz, hat bereits zwei Kinderbücher und ein Jugendbuch veröffentlicht. Ihre Kurzgeschichten sind in vielen Anthologien erschienen.

Verlorene Lebensspur

Im Schneematsch
verlieren sich
deine Fußspuren
auf dem Weg
in deinen Tod –
am Fuße des Berges
dein Körper,
zerschmettert –
vergangen
deine Welt,
mit ihr ein Teil
der meinigen –
für mich beginnt
ein neuer
Lebensabschnitt,
ohne dich,
unvorstellbar,
aber unausweichlich,
es gibt
kein Zurück.

Ingrid Baumgart-Fütterer *aus Östringen.*

Die große Liebe

Es ist ein Gefühl, das ich habe, aber es nicht beschreiben kann.
Ein Gefühl, das ich kenne, aber mir fremd ist.

Mein Herz schlägt so stark wie noch nie,
aber ich verstehe es nicht.

Jede Nacht träume ich von ihr, aber sie ist weit weg.
Mein Gedanke ist immer bei ihr, aber ich habe Angst.
Angst, dass sie mich nicht mag.

Denn ich glaube, ich bin verliebt in sie.
Tag für Tag denke ich an sie,
aber es macht mir Angst, es ihr zu sagen.
Vielleicht ist sie es oder auch nicht – die große Liebe.

Jürgen Heider wurde 1989 in Karaganda (Kasachstan) geboren. Heute lebt er mit seiner Familie in Freiburg im Breisgau. Seit 2009 arbeitet er in den Caritaswerkstätten Umkirch für Menschen mit einer Behinderung.

Eine Hexe, Hilfe, eine Hexe

Das Mittelalter war keine einfache Zeit. Ganz besonders nicht für Frauen wie Tiara. Heute würde man sagen, dass Tiara es einfach verstand, die Kräfte der Natur zu verstehen und auch zu nutzen, doch im Jahr 1412 geriet man hierbei sehr schnell in den Verdacht, eine Hexe zu sein. Und eine Hexe im Mittelalter landete meistens auf dem Scheiterhaufen.

Tiara wohnte zudem in einem kleinen Häuschen mitten im Wald, und sie liebte die Einsamkeit. Das war für die Menschen des naheliegenden Dorfes ein Grund mehr, dass ihnen Tiara suspekt vorkam. Andererseits gingen die Menschen, die krank wurden, gerne zu Tiara, wenn die ganzen Quacksalber, die es sonst gab, mit ihren Mittelchen keine Genesung herbeiführen konnten: Die Menschen wussten, wenn es jemanden gab, der ihnen helfen konnte, dann war es Tiara.

Eines Tages geschah es, dass der Priester der Dorfkirche schwer krank wurde. Und nicht nur dieser, nein, auch alle Messdiener, und fast jeder, der sich in der letzten Zeit nahe beim Priester aufgehalten hatte, wurde schwer krank. Jetzt dachten viele der Menschen, die sonst immer zu Tiara gegangen waren, um sich von ihr helfen zu lassen, dass diese schuld an diesen schlimmen Krankheiten war. Sie waren sich sicher: Tiara musste alle verhext haben.

Dem Priester und den anderen Menschen um ihn herum ging es von Tag zu Tag schlechter. Die Dorfbewohner versuchten alles – vom Exorzismus bis zur gründlichen Reinigung der Kirche und dem angehängten Pfarrhaus. Leider half nichts.

Als ein Großteil der kranken Menschen starb, nahm sich ein guter Freund des Priesters, der Messdiener war und sehr gläubig, ein Herz und seinen ganzen Mut zusammen. Er dachte bei sich: „Das wird ja immer schlimmer, ich habe große Angst, aber ich will dem Priester und den anderen Menschen helfen. Ich gehe auf eigene Gefahr zu Tiara, und wenn ich sterbe, weil sie mich verflucht, dann ist das eben so. Dann habe ich es wenigstens versucht." Wie er das gedacht hatte, liefen ihm ein paar Tränen über die Wangen, denn eigentlich wollte er noch nicht sterben, aber er wusste, es war die letzte und einzige Möglichkeit, dass es dem Priester und den anderen Menschen vielleicht bald wieder besser gehen würde.

Der junge Mann mit dem Namen Benedikt machte sich auf den Weg. Je näher er dem Haus kam, in dem Tiara wohnte, umso mehr Angst hatte er und umso mehr hatte er seltsame Empfindungen. Er fror und schwitzte gleichzeitig. Er zitterte am ganzen Körper. War es wirklich so eine gute Idee, sich alleine auf den Weg zu Tiara zu machen? Vielleicht war die alte Frau in diesem kleinen Häuschen im Wald doch eine Hexe und hatte die Gegend um das Haus mit einem Bann belegt und diesen Bann bekam er jetzt zu spüren? „Egal", dachte er, „ich muss weiter, es ist unsere einzige Chance."

Und so lief Benedikt weiter und weiter und nach einem längeren, mehrere Stunden dauernden Marsch kam er bei dem Haus der alten Frau an. Was war er froh, als er dort vor dem Haus eine kleine Bank stehen sah. Ihm war gerade so etwas von schlecht geworden, dass er sich dringend setzen musste. Er setzte sich auf die Bank und dachte noch: „Oh Gott, was ist nur, wenn die Frau, die in diesem Haus wohnt, mich findet?" Er konnte den Gedanken nicht weiterdenken, denn kaum, dass er diesen Satz gedacht hatte, war er auch schon eingeschlafen. Er merkte es nicht, aber Tiara kam aus dem Haus, wollte gerade in ihrem kleinen Beet vor dem Haus ein paar Kräuter ernten, die sie für einen guten Kräutertee brauchte, da sah sie den Mann auf ihrer Bank. Sie hatte ihn zwar schon manches Mal bei ihren Besuchen im Dorf gesehen, doch wer er wirklich war, das wusste sie nicht. Sie sah allerdings auf Anhieb, dass es diesem Mann alles andere als gut ging. Sofort ging Tiara in ein kleines Zimmer, das vollgestellt war mit Regalen, und in jedem Regal befanden sich viele Bücher. Tiara musste eine Weile suchen, bis sie fand, was sie gesucht hatte.

Sie blätterte darin und schon bald hatte sie gefunden, was sie gesucht hatte. Sie hatte sofort erkannt, an welcher Krankheit der Mann litt, und ja, auch dafür war ein Rezept in ihrem kleinen Buch. Sie suchte sich die Zutaten zusammen, mixte und rührte und ging, als das Getränk fertig war, zu dem Mann, setzte sich neben ihn und flößte ihm vorsichtig das Getränk ein, das sie gerade gebraut hatte. Und siehe da, es dauerte nicht lange, und der Mann öffnete die Augen. Als er Tiara sah, erschrak er erst einmal gewaltig, denn *schön* war ein Wort, mit dem man Tiara sicher nicht hätte bezeichnen können. Allerdings war ihm schnell klar, dass Tiara ihm nichts Böses antun wollte, dafür sah sie ihn einfach viel zu freundlich an.

Sie fingen an, sich zu unterhalten, und der Mann, von dem Tiara nun erfuhr, dass er Benedikt hieß, erklärte ihr, warum er hier war. Tiara verstand sehr schnell, um was es ging. Allerdings war es ihr wichtig, dass Benedikt sich einige Tage bei ihr ausruhte. Sie erklärte ihm, dass der Trank nur dann seine volle Wirkung hätte. Benedikt war ein wenig mulmig, er ließ sich dennoch darauf ein.

Jeden Tag ging es Benedikt besser, und Tiara und Benedikt freundeten sich immer mehr an. Sie verliebten sich sogar ineinander. Benedikt hatte Tiara immer noch nicht verraten, wer er war. Fast hätten sie vergessen, warum Benedikt gekommen war. Als es ihnen wieder einfiel, machte sich Tiara sofort daran, genügend von dem Trank zu brauen, der Benedikt geholfen hatte. Sie machten sich auf den Weg und im Dorf erfuhr Tiara durch eine Äußerung eines vorbeilaufenden Passanten, der die beiden begrüßte, wer Benedikt wirklich war. Jetzt war es Tiara, der es ein wenig mulmig wurde. Bald schon erfuhr sie, dass es dafür überhaupt keinen Grund gab. Benedikt setzte sich für Tiara ein, und sie gab allen kranken Menschen des Dorfes von ihrem Trank. Benedikt freute sich sehr. Hatte nicht auch Jesus Kranke geheilt? Und es wäre sicher niemand auf die Idee kommen, Jesus als Hexer zu bezeichnen. Seine Liebe zu Tiara wurde stärker und stärker und auch Tiara liebte ihren Benedikt immer mehr. Und so kam es, dass es sogar im Mittelalter in einem Dorf, eine Liebe zwischen einem sehr gläubigen Christen, und einer Person, die man im

Mittelalter als Hexe bezeichnete, gekommen war. Nachdem alle Bewohner des Dorfes dank des Tranks von Tiara wieder gesund waren, heirateten Benedikt und Tiara und jedes Jahr gab es ein großes Fest im Dorf.

Und dieses Fest gibt es auch heute noch in diesem Dorf, obwohl Tiara und Benedikt schon lange tot sind, als Erinnerung daran, dass eine Hexe den Menschen im Dorf das Leben gerettet hatte.

Susanne Weinsanto *wurde 1966 in Karlsruhe geboren und lebt heute noch in der Umgebung. Sie schrieb schon immer gerne Geschichten und ist auf vielfältigste Weise künstlerisch tätig.*

Die Blume

Ich habe heute eine Blume gesehen.
Wie lange ist es her, seit ich die letzte bemerkt habe?
Waren es die auf deinem Grab, oder als Tischdekoration, als sich
die Familien nach deinem Begräbnis getroffen haben?
Ich weiß es nicht mehr.
Begräbnis!
Das Wort war für uns früher ein Fremdwort – so irreal!
Der Tod hatte gefälligst um uns einen großen Bogen zu machen;
sterben taten nur die Anderen.
Dann hat es uns getroffen – völlig unvorbereitet, obwohl sich das
Ende schon abgezeichnet hatte – für die Außenstehenden.

Wir haben die Anzeichen nicht akzeptiert.
Bei uns stirbt man nicht; wir hatten uns doch geschworen, immer
beieinanderzubleiben – immer!
Nun war es geschehen – eine neue Wirklichkeit hatte begonnen.
Eigentlich eine Unwirklichkeit!
Die Umwelt war plötzlich schwarz-weiß; die Farben waren ver-
schwunden – und damit auch die Blumen, die Vögel.
Denn ohne ihre Farben kann man sie nicht mehr erkennen – sie
sind anders, nicht mehr mit der gewohnten Wahrnehmung zu
erkennen – einfach verschwunden.
Wie du.

Aber auch die Geräusche sind anders als früher.
Das Plätschern des Bachs, an dem wir spazieren gingen,
oder der Springbrunnen erzeugen nur noch
ein Rauschen in meinen Ohren –
neutral – ohne ein Bild in meinem Kopf zu formen.

Düfte.

Gibt es noch Düfte?

Gewiss, meine Nase sagt mir, wenn etwas auf dem Herd anbrennt
– wenn der Auspuff eines Lasters mir seine Gase ins Gesicht bläst
– aber riechen?

Den Duft der Blüten?

Des frisch gemähten Heus?

Kann es sein, dass meine Wahrnehmungen mit dir gestorben
sind?

Dass nur noch die Funktionen übrig blieben, die notwendig sind,
um meinen Körper einigermaßen lebensfähig zu erhalten?

Ist ein Teil von mir bereits drüben – in der anderen Dimension
– bei dir?

Und nun dies – die Blume, die ich heute sah.

Wie ein Blinder, der nach einer Operation plötzlich wieder sehen
kann.

Was hat das zu bedeuten?

Bin ich doch noch am Leben?

Erwachen langsam wieder meine Sinne?

Wofür?

Ich habe bis jetzt in meinem Inneren gelebt – in der Vergangenheit –

den Erinnerungen – mit dir.

Vielleicht habe ich deshalb die Welt um mich herum nicht mehr
so wahrgenommen wie früher – als wir noch lebten – zusammen
lebten.

Ich habe die Blume gesehen.

Bedeutet dies, dass du dich jetzt ganz von mir zurückgezogen,
dass du unser gemeinsames Leben in meinem Kopf aufgegeben
hast?

Habe ich dich jetzt ganz verloren – auch in der Vergangenheit?

Ist – ohne dass ich es bemerkt habe – dein Bild in mir so verblasst,
dass ich jetzt wieder die Umwelt sehe?

Langsam reift in mir die Erkenntnis, wodurch dieser Vorgang in Gang gesetzt worden ist.
Bislang habe ich immer gefragt:
Warum ich!
Warum wir?
Warum musste es ausgerechnet uns treffen?
Wo wir beide doch nur füreinander gelebt haben.
Da gibt es draußen so viele, die sich zerfleischen – die froh wären, wenn der andere verschwinden würde – wie auch immer.
Aber wir – wir waren doch eins – warum wir?

Dann – plötzlich – kam der Gedanke in mir auf:
Warum ausgerechnet ich nicht – wir nicht?
Warum sollte das Schicksal ausgerechnet um uns einen Bogen machen – uns außerhalb des normalen Lebens stellen?

Dieser Gedanke gab mir meine Ruhe zurück.
Wir waren Menschen wie Millionen andere.
Wenn in Serbien eine Mutter ihr Kind im Krieg verliert, fragt sie sicher auch das Schicksal:
Warum ich – Warum wir?
Den, den es angeht, trifft der Tod des geliebten Menschen tief in seinem Inneren.
Die Außenstehenden denken nur:
Ach Gott, die/der Arme.
Die tödliche Wunde der Seele,
die des Herzens, sehen sie nicht.
Vielleicht war es diese Erkenntnis, die mich die Blume wieder sehen ließ – die mir sagte:
Schau dich um, du lebst noch – und in dir eure Liebe, bis ihr euch wiederseht – eines Tages, dort, wo sie jetzt schon ist, deine Liebe.

Johann Wolfgang Dorsch, *lebt in Wolfenbüttel. Er lässt sich beim Schreiben weder von einem Genre noch von einem Thema eingrenzen, von Lyrik über Science-Fiction und Gedanken über die Politik ist alles dabei. Er engagiert sich in vielen Bereichen seiner Umwelt und unterstützt andere Autoren.*

Rote Grütze

Die Liebe hat viele Gesichter:
Es liebt seine Verse der Dichter,
der Bauer die Rinder,
die Eltern die Kinder,
und Dunkelheit liebt das Gelichter.

Es lieben den Speck Maus und Maden,
der Fremdgänger liebt Eskapaden,
der Bock liebt die Ziege,
ein Sportler die Siege,
Karl Lagerfeld Nadel und Faden.

Die Yellow Press liebt Prominente,
der Rentner die Zahlung der Rente,
der Papst seinen Stuhl,
das Wildschwein den Pfuhl,
das Gründeln im See liebt die Ente.

Ein Kind liebt den Sprung in die Pfütze,
Hein Mück liebt das Blau seiner Mütze,
Beate liebt Sahne,
der Affe Banane,
und ich liebe heiß Rote Grütze.

Gerda Winter wurde 1937 geboren und wohnt in Hannover. Sie veröffentlichte bereits Gedichte, Märchen, Tankas und Kurzprosa in verschiedenen Anthologien.

... wahre und echte Liebe überdauert alle Zeit

Als wir uns trafen, warst du die schönste Frau der Nacht.
Wir haben stundenlang geredet und viel gelacht.
Liebe auf den ersten Blick – es war wie im Märchen.
Seit dem Augenblick waren wir ein Liebespärchen.
Wir waren für eine glückliche Zukunft bereit –
wahre und echte Liebe überdauert alle Zeit.

Wir konnten uns ohne viele Worte verstehen.
Mussten uns nur gegenseitig in die Augen sehen.
Wir schworen, dass wir uns immer und ewig lieben,
so bin ich stets treu an deiner Seite geblieben.
Ob liebevolle Versöhnung oder lauter Streit –
wahre und echte Liebe überdauert alle Zeit.

Auch wenn die Jahre und unsre Schönheit vergehen,
ich werd' dich immer lieben, immer zu dir stehen.
Mit dir zusammen älter und grauer zu werden,
ist mein größtes Geschenk und pures Glück auf Erden.
Ich bin unser Zusammensein niemals leid –
wahre und echte Liebe überdauert alle Zeit.

Sollt' ich als erster aus unserem Leben scheiden,
möcht' ich deine Hand halten und keinen Schmerz leiden.
In meiner letzten Stunde habe ich den Wunsch an dich:
Schenke mir einen letzten Kuss und vergiss mich nicht.
Ich warte im Himmel auf dich bis zur Ewigkeit –
wahre und echte Liebe überdauert alle Zeit.

Susann Scherschel-Peters ist Mama, Diplom-Pädagogin, ausgebildete Trauerbegleiterin und arbeitet hauptberuflich im Beratungsbereich.

Liebe lieben im Heute

Die Liebe ist eines der höchsten Gefühle, die Menschen verbindet. Liebe ist eine Kraftquelle und wirkt als Medizin oft besser als Tropfen, die man zu sich nimmt.

Liebe, verliebt sein, die rosarote Brille einfach mit ins Alltagsleben mit hineinnehmen, über die zahlreichen gemeinsamen Jahre, ja, ein Leben lang sogar, in die Träume hinein, Träume von, um und über den geliebten Menschen. Träume, wundervolle Träume, die Kraft geben. Träume, Tagträume, wenn man getrennt ist, träumend vom Glück miteinander, wenn man sich an der Hand hält. Nachtträume, die das gemeinsame Leben bei Tag so stark leben lassen.

Träume von der Zukunft, von gewesenen Situationen, die so stark verbanden. Leben, einfach die Liebe leben und erleben, mit dem Menschen, der einem doch so viel Kraft zu schenken vermag.

Erleben, das wohlige Bauchgefühl, das sich ausbreitet in einem, wenn ein so warmer Gedanke da ist, sieht man vor seinem geistigen Auge das lächelnde Gesicht des Menschen, den man so liebevoll an seiner Seite weiß.

Die Hand, die man dem geliebten Menschen reichen möchte, wenn ein Sprung ansteht über den Bach des Lebens, der ein Hindernis darstellen könnte. Mit der Freiheit zu lachen, wenn der gemeinsame Weg über die Hürden des Lebens gelang, und man doch die Nähe zum anderen so stark in sich spüren kann.

In guten Zeiten zu lachen und in schlechten Zeiten die Tränen zu lieben, die man weinte, wenn manches schwerfiel. Sich wissend auf den anderen verlassen zu können, wie auf die Hand, die die eigene zärtlich streichelt. Sich in Umarmungen wieder im Hafen der Liebe zu wissen, zu erfahren. Sich zu spüren.

Liebe im Heute, ein Gefühl, das so stark zu verbinden vermag. Menschen. Zueinander. Im Miteinander erleben, im Gemeinsamen. Das Denken, das Leben, das Tun und das Fühlen füreinander. Warm, liebevoll und Geborgenheit doch gebend.

Liebe im Heute macht uns so stark.

Liebe im Heute erfahren im Alltäglichen, als er- und gelebten Traum einer wahrhaftigen Realität.

Ein Passieren im Jetzt, erleben, fühlen. Ein Annehmen und Geben.

Liebe im Heute macht stark! Für ein gemeinsames Leben miteinander.

Liebe lieben im Heute. Wundervoll und wunderbar. Einzigartig und machbar.

Dani Karl-Lorenz *wurde in einer Kleinstadt in der Oberpfalz (Bayern) geboren. Sie ist Autorin aus Leidenschaft und veröffentlichte ihre Texte bereits in verschiedenen Anthologien und auf ihrer Homepage: www.danilyrik.de.*

Die Schwarze Witwe

„Heute Morgen wird ein Kind geboren.
Heiliger Vater, ich werd' für es sorgen!"

„Weiche, Luzifer, es steht unter der Engels Obhut!
Es soll leben für Licht und nicht für Höllenglut!"

„Lasset uns spielen um dieses Kindelein.
Am Ende wird diese Seele sein mein!"

„Auch wenn Verachtung und Hass in dir rührt,
wird dieses Kind von Engeln ins Licht geführt!"

„In vierzig Jahren treffen wir uns wieder,
um diese Seele singt man dann Höllenlieder!"

„Sollte dieses Kindlein die Gebote missachten,
so will es dennoch in der Herrlichkeit erwachen!"

„Eilt nur, Engel, zieht von dannen,
einst in die Hölle werd' ich es verbannen!"

In den ersten Jahren, welch ein Segen!
Das Kind blieb verschont auf all seinen Wegen.
Es waren die Schwestern vom Klosterheim,
sie wachten bei Tageslicht und Mondesschein.
Doch zu lange konnten sie es nicht bewahren,
vor der Welt und anderen Gefahren.
Denn hinter den heiligen Mauern
sollte das Böse auf das Mädchen lauern.

Es war hübsch, ein Mädchen von fünfzehn Jahr,
und dem Priester war es einerlei, was mit ihm geschah.
Des nachts in der Stube auf seinem Schoß,
er das Kind peinigt und sie mit Schande begoss.
Wochen, gar Monate vergehen,
die junge Frau ward nicht mehr gesehen.
Eines Sonntags, sie sich in seine Gemächer schlich,
am Morgen darauf man ihn fand mit totem Gesicht.

Einst war sie ein Kind von Engeln geführt,
nun ist sie es, die Männer verführt.
Nicht mehr von Gottes Hand geleitet,
ein Rachefeldzug von Blut und Mord sie begleitet.
Von ihren Taten und Morden geplagt,
sich dennoch an Böseres wagt.
Der Teufel scheint sein Spiel zu gewinnen
und sie wird seinen Klauen kaum noch entrinnen.
Sie ist nun als Schwarze Witwe bekannt,
verschwindet schnell und blieb unerkannt.
Zwanzig Jahre wandelte sie vom Bette zum Grab
und sah zu, wie der Nächste in ihrem Schoß verdarb.
Der heutige Tag soll nun die Krönung sein,
denn über Jahre geht sie den Bund der Ehe ein.
Am Altar sie erstrahlt wie ein Engel so schön,
sie erwartet ihren Zukünftigen mit innerem Hohn.

In der Kirche ertönte das Halleluja,
es folgten Jahre voller Prunk und Gloria.
Die Schwarze Witwe schien fürs Erste gezähmt,
für nichts hätte sie sich jemals geschämt.
Nacht für Nacht ihren Gatten zu beglücken,
um ihn eines Tages vom Spielfeld zu rücken.
Doch diesmal sollte etwas anderes geschehen,
am Ende wird sie einen anderen Weg wählen.

Ihr teuflischer Plan ein jähes Ende fand,
als eines Tages nächtelang ihr Gatte verschwand.
Am siebten Tage des Verschwindens er wieder kam
und sie liebevoll in die Arme nahm.
„Ich kenne dein Geheimnis, Eheweib.
Der Nächste bin ich, ich weiß Bescheid!
Eine Schwester von einem Kloster hat dich erkannt,
und dich die Schwarze Witwe genannt!"

Sie konnte nicht glauben, was er sprach,
vor allem als er ihr Treue gelobt und Liebe versprach.
Weder Lüge noch Hass konnte sie seinen Augen entnehmen.
Ihr gelang es, seine Liebe wahrzunehmen.
Sie sprach mit ihm über all ihre Taten
und er versprach ihr, sie nie zu verraten.
Das Ende in ihrem Leben war,
als sie ein kleines Mädchen gebar!

Chamuel im Klostergewand ist erschienen,
um am Ende Satan zu besiegen.
Es war des Liebesengels List,
sie liegt nun befreit im Grabe in ihrer Kist.
Die Schwarze Witwe durch Liebe gewonnen,
der Hass vernichtet und gen Hölle zerronnen.
„Heiliger Vater, ihre Seele ist dein,
jedoch die Nächste ist wieder mein!"

__Dominik Peller__ wurde 1987 in Memmingen im schönen Allgäu geboren. Im Jahr 2005 beendete er erfolgreich die Staatliche Wirtschaftsschule in Memmingen.

Liebe macht glücklich

„Friedvolle Grüße und ein munteres Hallo. Hier ist Human Netzradio, euer fröhlicher Sender. Heute ist der 1. Januar 5014. Ein neues Jahr voller Freude liegt vor uns. Zunächst das Wetter …"

Hartriegel erwachte durch ein unbestimmtes Grummeln in seinen Innereien. Seufzend brachte er sich mit einem leichten Knopfdruck von der senkrechten Schwebeschlafposition in Aufwachstellung. Während er sich, den Hintern kratzend, in Richtung der Nasszelle bewegte, erkannte er an den gewohnten Geräuschen, dass auch seine Gefährtin aufgewacht war.

„Morgendliche Grüße, Hartie."

Den Morgengruß erwidernd sann er darüber nach, ob er wirklich Lihobas Drängen nachgeben und sie heiraten sollte. Sie ging ihm mit ihrem Gerede über Liebe, Glück und traute Zweisamkeit mehr und mehr auf die Nerven, wobei Hartriegel immer öfter den ketzerischen Gedanken hatte, sie durch eine humanoide Maschine zu ersetzen. Die neuen Begleitrobottinnen wurden im Kommunikationsnetz verstärkt angepriesen. Sie waren anspruchslos, bedurften kaum der Wartung und schienen alle Lebensbereiche abzudecken. Ihr größter Vorteil allerdings war, Hartriegels Meinung nach, ein Schalter, mit dem man ihr Sprachzentrum ein- und ausschalten konnte. Nun, das würde er in Ruhe entscheiden.

„Ich denke, ich werde eine Diagnose machen lassen", verkündete er beim Vitaminfrühstück. „Ich fühle mich in der letzten Zeit um den Magen herum nicht wohl."

„Das ist eine gute Idee, mein Lieber", wie üblich lächelte Lihoba zustimmend, doch heute erinnerte ihn ihr Gesichtsausdruck an die Zeichnungen des vor Urzeiten ausgestorbenen Carcharodon Carcharias. „Du erscheinst mir in der letzten Zeit seltsam ruhelos und ein wenig gereizt. Wenn wir die Armbänder tauschen würden, dann würde sich bestimmt einiges ändern. In der Ehe kommst du zur Ruhe, mein Lieber."

Eilig würgte Hartriegel seinen Energiedrink hinunter. „Ich will dann mal los!"

Auf dem Weg zum Aufzug durchzuckte ihn ein bestürzender Gedanke: Hatte er vorhin seine tägliche Dosis Glücklichmacher genommen? Schließlich war die Einnahme dieses Medikaments eine Grundbedingung für das Leben in Human City. Jeder, der sich ihr entzog, wurde früher oder später aussortiert, verschwand auf Nimmerwiedersehen. In der Regel löste seine Gefährtin den Glücksriegel in seinem Energiedrink auf. Heute allerdings war er sich nicht sicher. Schnell unterdrückte er diese unruhigen Gedanken und setzte die normale freundlich-glückliche Miene auf.

Im Diagnosetower begrüßte ihn die Empfangsmaschine. „Gesunde Grüße", schnarrte sie. „Womit kann ich helfen."

Hartriegel verzog das Gesicht. Er bevorzugte Empfangsmaschinen, die ihn annähernd an seine Spezies erinnerten. Trotzdem bemühte er sich um einen freundlichen Tonfall. „Ich hätte gerne einen Rundumcheck."

Die Maschine schwieg für einen Moment und taxierte ihn mit ihren Sensoren. „Das kostet 750 Einheiten, einschließlich eines persönlichen Gesprächs mit Herrn Doktor Schmunck."

„Was?", Hartriegels Magen-Darm-Trakt kam in Wallung. Auch in seinem Gemüt fing es an, gewaltig zu grummeln. „Die letzte Komplettdiagnose habe ich für 500 Einheiten bekommen. Ich habe nicht vor, das Gesundheitssystem zu sanieren. Ich will nur einen Check ohne Gespräch!"

Die Maschine taxierte ihn erneut. „Ich habe nicht verstanden. Bitte wiederholen."

Hartriegel war kurz davor, in Unruhe zu verfallen, was ihn einigermaßen verblüffte. „Ich stimme zu", sagte er laut und deutlich, seine merkwürdigen Gefühlswallungen mit aller Macht unterdrückend. Insgeheim nahm er sich vor, sofort nach dem Heimkommen zur Sicherheit noch einen Glücksriegel zu sich zu nehmen.

Die Empfangsmaschine schnarrte. „Ich wiederhole: ein Rundumcheck. 750 Einheiten, sofort nach dem Einloggen zu entrichten. Begib dich in Einheit 7."

Wie üblich entpuppte sich die Einheit als ein steriler Raum, dessen gesamte Rückwand von der Diagnosemaschine eingenommen wurde. „Gesunde Grüße", begrüßte sie den eintretenden Patienten. „Bitte den Andockpunkt frei machen. Du wirst in den Schwebeschlaf versetzt, während die Diagnose erstellt wird. Nach dem Aufwachen wird Herr Doktor Schmunck ein persönliches Gespräch mit dir führen. Es besteht kein Grund zur Beunruhigung, entspanne dich." Während Hartriegel seinen Overall seitlich öffnete, um die steckdosenartige Andockstelle in seiner Hüfte freizumachen, versuchte er sich weiter, zu entspannen, was nur bedingt gelang. Die Maschine schien seine Unruhe zu bemerken, denn während sich ihre Tentakel leise surrend auf ihn zuschlängelten, wiederholte sie: „Entspanne dich."

Hartriegel erwachte mit laut klopfendem Herzen. Ein schwarz gekleidetes Wesen stand vor ihm und schaute ihn freundlich an. „Da ist unser Patient ja wieder", tönte es mit jovialer Stimme. „Ich bin Doktor Schmunck."

Prüfend schaute der Angesprochene sich um. Er befand sich in einer Einheit, die sich nicht wesentlich von Nummer 7 unterschied. Oder war dies gar die Einheit 7 und die Diagnosemaschine hatte sich auf wunderliche Weise in die Wand zurückgezogen?

„Es grummelt nicht mehr in meinem Inneren", stellte er fest.

„Nun, das Grummeln ist nicht das Problem", begann Dr. Schmunck, immer noch sehr liebenswürdig. „Es handelte sich um ein altersbedingtes Unwohlsein. Etwas anderes macht uns große Sorgen", hier zögerte der Doktor einen Moment, räusperte sich. Sein Gesicht bekam einen verknautscht-traurigen Ausdruck. „Wir haben festgestellt, dass Sie es versäumt haben, sich die nötige Dosis des im Volksmund als Glücklichmacher bekannten Medikamentes zuzuführen. Das ist bedenklich. Sie reagieren über, haben zu viele Aggressionsstoffe produziert und sind somit für unsere Gesellschaft nicht tragbar." Hier verstummte der gute Doktor.

Hartriegel schluckte krampfhaft.

Alle Horrorgeschichten über Amokläufe in den dunklen Zeiten fielen ihm mit einem Schlag ein. Sollte er tatsächlich, ohne es zu wollen, zu einem Aggressor mutieren? Nein, und nochmals nein. Das wollte er ganz und gar nicht. Lieber würde er tonnenweise Glückspillen schlucken.

„Das kann nicht sein, Herr Doktor", rief, ja schrie er. „Ich bin mir sicher, dass ich das Medikament immer genommen habe. Meine Gefährtin hat schon dafür gesorgt. Wir haben heute beschlossen, in der nächsten Zeit die Armbänder zu tauschen, um in vollkommener Harmonie zu leben. In letzter Zeit hatte ich ständige Probleme mit meiner Verdauung. Vielleicht habe ich die Glücklichmacher ausgeschieden, ehe sie wirken konnten."

Wie zum Beweis grummelte es wieder in ihm. Hartriegel fasste sich an den Magen, konnte jedoch nichts fühlen. Keinen Widerstand, keine Bauchdecke. Er hob die Hand, sah sie jedoch nicht. Genauso ging es ihm mit seinen Beinen. Sein Körper hatte sich buchstäblich in Luft aufgelöst. Doktor Schmunck schüttelte begütigend den Kopf.

„Wie Sie gerade bemerken, sind wir gezwungen gewesen, Sie erst einmal zu neutralisieren. Ihr Bewusstsein befindet sich zurzeit in einem Genpool, bis wir beschlossen haben, wie wir weiter mit Ihnen verfahren. Das kann einige Zeit in Anspruch nehmen. Doch scheinen Sie mir nicht zu den asozialen Elementen zu gehören, welche die Einnahme der erforderlichen Medikamente verweigern."

„Sicher nicht, Herr Doktor", warf Hartriegel verzweifelt ein. „Das muss alles ein Irrtum sein. Das kann Ihnen meine Gefährtin bestätigen." Er hob flehend die nicht sichtbaren Hände.

„Nun, nun, beruhigen Sie sich", Doktor Schmunck schaute fast mitleidig drein. „Es könnte sein, ja, es ist wahrscheinlich, dass wir Ihnen eine zweite Chance geben. Wenn Ihre Gefährtin für Sie bürgt, ist das möglich. Noch besser wäre es allerdings, wenn sie Ihre angetraute Frau wäre." Die Silhouette Doktor Schmuncks wurde undeutlich, löste sich in einem flockigen Nebelschwaden auf. Alles um Hartriegel herum wurde friedlich und ruhig.

„Heuri, Hallo und friedvolle Grüße. Hier ist euer Munterma-
cher, Human Netzradio, auch am letzten Tag des Jahres 5015
mit einer brandaktuellen Meldung: Wieder sind einige wenige
asoziale Elemente entdeckt worden, die versuchten, den Frieden
in unserer schönen Stadt zu stören. Nach einer angemessenen
Läuterung bekommen auch diese Störenfriede eine neue Chance.
Nun zum Wetter ... "

Hartriegel erwachte durch die fast unerträglich muntere Stimme des Moderators und ein unbestimmtes Grummeln in seinen
Innereien. Entschlossen brachte er sich in die Aufwachstellung.
Während er sich, den Hintern kratzend, in Richtung der Nasszelle bewegte, erkannte er an den gewohnten Geräuschen, dass auch
seine Ehefrau aufgewacht war.

„Morgendliche Grüße, Hartie."

„Morgendliche Grüße, meine teure Lihoba", murmelte er, während er darüber sinnierte, dass seine neue Ehefrau ihn tatsächlich
eine Menge gekostet hatte, die Bezeichnung *meine Teure* also nur
zu richtig war. Doch ehe er den Gedanken weiter spinnen konnte,
griff er zur immer parat liegenden Schachtel. „Sicher ist sicher",
murmelte er und schluckte eine Extradosis Glücklichmacher.

Seine Frau sah ihm aufmerksam dabei zu. „Wie schön, dass uns
die Liebe endlich zusammengebracht hat", lächelte sie.

***Angie Pfeiffer** wurde 1955 in Gelsenkirchen geboren. Sie veröffentlichte be-*
reits einige Romane und eBooks, zudem zahlreiche Kurzgeschichten in Antho-
logien, Literaturzeitschriften und der Tagespresse. Homepage: angie-pfeiffer.
com

Da haben sich zwei gefunden

Nach hormonal gestütztem Wildern
auf Feldern voller Frühlingsrausch
betreut nun regsames Bebildern
belieb'gen Paars Gefühlsaustausch.

So tätscheln euch fundierte Wonnen
ans andre End' des Übergangs
und haben damit erst begonnen
als Wünschenswertes ersten Rangs.

Ihr steigt hinauf zu lichter Weite,
rasant euch die Gewähr beschafft,
auf dass in Bäuchen sich euch breite,
was stimulierend flatterhaft.

Ihr taucht als resolute Rotte
in weidlich schmuckem Kleinformat
hinab ins bunte Rot der Grotte,
in Taschen eures Helden Tat.

Ein Füllhorn ins Umgeben schüttet.
Ihr steht vor ihm mit off'ner Hand.
Beherzter Lust Präsenz erbittet
sich wegelagernd' Wunderland.

Das Schicksal euch aufs Banner schriebe,
dass ihr die Unbesiegbarkeit
empfangen von der Göttin Liebe.
Ihr nährt euch an der Brust der Zeit.

Und wo bleib' ich? Ich mir erfrage
die bitt're Wahrheit: außen vor.
Die Summe der gezählten Tage
verdräng' ich als verlass'ner Tor,
der gute Geister brav beschwor.

Wolfgang Rödig wurde in Straubing geboren und wohnt in Mitterfels. Seit 2003 veröffentlichte er mehr als 90 Werke in Anthologien, Zeitschriften und Zeitungen. Seit 2007 gibt es auch eigene Gedichtbände von ihm.

Wählerische Prinzessin

Einst gab ein König aus fernem, fremden Land
mit Dekret seinen zahlreichen Untertanen bekannt,
dass seine Tochter Madeleine, die sehr betucht,
ab jetzt einen lieben Ehemann zum Heiraten sucht.

Jeden Jüngling wollte die junge Prinzessin nicht.
Feine Züge sollte haben eines Bewerbers Gesicht.
Einen guten Charakter musste dieser mitbringen,
ein guter Tänzer sein und ebenso gut auch singen.

Groß wünschte sie sich ihn und mit blondem Haar.
Hochzeit sollte gefeiert werden noch in diesem Jahr.
Vom Alter her sollte er ebenfalls zu ihr gut passen;
dann konnte er sein Glück bald mit Händen fassen.

Gebildet sollte er sein und einigermaßen belesen.
Das ist für Prinzessin Madeleine zwingend gewesen.
Und als allerletzte Voraussetzung fiel ihr noch ein:
Es sollte unbedingt *Liebe auf den ersten Blick* sein.

Der erste Anwärter kam an des Schlosses Tor.
Er stellte sich gleich dem wartenden Königspaar vor.
Die Prinzessin schickte ihn aber rasch wieder fort.
Sie wollte nicht leben an diesem weit entfernten Ort.

Als nächster kam ein weit gereister Wandersmann,
der mit Sicherheit einer Prinzessin viel erzählen kann.
Doch war er potthässlich und sie wollte ihn nicht.
Sein Aussehen taugte jedenfalls nicht bei Tageslicht.

Es sprach sich schnell herum im ganzen Land,
dass kein Mann die Zuneigung der Prinzessin fand.
Niemanden fand die wählerische Prinzessin gut –
sodass alle Bewerber nehmen mussten ihren Hut.

Sie verschwanden durch des Schlosses Türen.
Der König hatte genug von Madeleines Starallüren.
Er wies seine eigenwillige Tochter wutentbrannt an,
dass der Nächste, der sich vorstellt, wird ihr Ehemann.

Da kündigte der Wächter einen Bäckergesellen an.
Er war tüchtig, sehr fleißig und hatte einen guten Plan.
Die schönste Torte brachte er der Prinzessin mit.
Sie war mit Buttercreme toll verziert – einfach der Hit!

Die Prinzessin war entzückt, als man sie ihr zeigte.
Als sich der Bäcker erhob – der sich vor ihr verneigte -,
sah Madeleine in des blonden Jünglings Gesicht,
das ihr auf Anhieb gefiel im zarten, frühen Morgenlicht.

Seine blauen Augen lachten die Königstochter an.
Da war es um die arg wählerische Prinzessin getan.
„Wer so eine schmackhafte Torte backen kann“,
dachte sie, „der ist sicher auch ein guter Ehemann!“

Sehr zufrieden mit ihrer Wahl, nicht mehr betrübt,
hatte sie sich Hals über Kopf in den Jüngling verliebt.
Zart gerötet ihr Teint, verliebt bis über beide Ohren,
hatte diese Königstochter ihr Herz endgültig verloren.

Sofort liefen die Vorbereitungen für die Hochzeit an.
Der einstige Bäckergeselle wurde Madeleines Ehemann.
Im Schlosshof spielte später eine kleine Kinderschar,
drei kleine Prinzessinnen, alle mit blond gelocktem Haar.

Sieglinde Seiler *wurde 1950 in Wolframs-Eschenbach geboren und ist von Beruf Dipl. Verwaltungswirt (FH).*

Ja? Nein? Vielleicht.

Stell dir mal vor, du würdest einen Liebesbrief bekommen. So richtig typisch mit den drei Kreuzen am Ende. Willst du mit mir gehen? *O Ja O Nein O Vielleicht.*

Und dann stell dir vor, dieser Brief würde von jemandem kommen, den du so liebst, wie du sonst noch niemanden je geliebt hast. Und doch weißt du, dass es unmöglich sein wird, für immer mit ihm zu gehen, auch wenn dein Finger mit dem Stift über dem *O Ja* stehen bleibt.

Denn diesen Brief bekommt jeder einmal.

Und zwar von seinem eigenen Leben.

Ich war zehn Jahre alt, als ich die Diagnose bekam. Ich habe es damals nicht ganz verstanden – vielleicht habe ich es auch einfach nicht verstehen wollen. Als zehnjähriges Mädchen will man vieles nicht verstehen. Und erst Recht nicht, wenn es heißt, man hätte Krebs.

Ich wusste zu diesem Zeitpunkt nicht viel über diese Krankheit. Nur, dass sie mir unheilbar vorkam. Alle, von denen ich gewusst hatte, dass sie Krebs hatten, hatten mich verlassen. Meine Grandma. Meine Tante. Sogar mein Hamster hatte seinen Kampf gegen einen Hirntumor verloren.

Und dann saß ich in diesem Arztzimmer und der Arzt sagte, dass ich Krebs hätte. Mum hat angefangen zu weinen. Dad auch. Und Logan auch. Obwohl er noch jünger war als ich. Wahrscheinlich hat er geweint, weil Mum geweint hat. Und ich saß ganz ruhig da und wusste nicht, was ich denken sollte.

Mein erster Gedanke war nicht mal der, dass ich vielleicht sterben würde, so wie es allen anderen ergangen war, die ich gekannt hatte. Erst nachts im Bett, als ich die Decke angestarrt und mir die Worte des Arztes vor Augen geführt hatte, war mir klar, was das eigentlich bedeutet. Ich habe die ganze Nacht geweint und irgendwann ist Dad reingekommen, hat sich zu mir gelegt und mich in den Arm genommen. Er hat gesagt, dass wir das in den Griff bekommen und es schaffen würden. Und dass Gott uns lieb hätte und er niemals zulassen würde, dass ich einfach so gehe. Dann haben wir zu Gott gebetet und Dad war sich sicher, dass er uns gehört hat.

Ich bete immer noch. Seit sechs Jahren. Jeden Abend, wenn ich die Zimmerdecke anstarre – auch, wenn es nicht meine Decke ist, sondern die im Krankenhaus.

Inzwischen weiß ich viel über Krebs. Vielleicht sogar ein bisschen zu viel. Aber ich will wissen, was sich da in meinem Körper ausgebreitet hat und warum ich überhaupt in diesem Krankenhaus liege. Ich habe jetzt noch zwei Wochen.

Anfangs wollte ich nicht wissen, wie lange ich noch haben würde, um all die Dinge zu erledigen, die ich in meinem Leben hatte erledigen wollen. Es sah ja auch lange Zeit so aus, als würden wir es tatsächlich in den Griff kriegen. Aber dann kam die Diagnose, dass sich Metastasen gebildet und sich der Krebs in meinem ganzen Körper verteilt hatte. Als der Arzt es uns verkündet hatte, hatte Mum wieder angefangen zu weinen. Sie hat viel geweint in der ganzen Zeit, in der sich normale Mütter mit gesunden Kindern wegen Dingen wie Hormonschwankungen und Liebesproblemen in der Pubertät streiten.

Manchmal habe ich mir nichts anderes gewünscht, als auch einfach nur gesund zu sein. Aber man lernt, damit umzugehen. Man lernt, sich zu akzeptieren, wie man ist, und es gibt Momente, in denen vergisst man, wie krank man ist und einfach nur Gott dafür dankt, dass er einem überhaupt die Chance gegeben hat, das Leben kennenzulernen. Ich habe mir eine Liste geschrieben, was ich noch erledigen will. Mum hat mal gesagt, egal, was man macht, man sollte seine Ziele nicht aus den Augen verlieren. Die Liste hängt über meinem Bett und jedes Mal, wenn ich sie anschaue, freue ich mich auf jede Kleinigkeit, die ich noch vor mir habe. Auch wenn ich genau weiß, dass ich sie in diesem Leben nicht mehr erleben werde.

Irgendwann findet man sich damit ab, dass man sterben wird. Irgendwann wird einem klar, dass es auch nur ein Teil des Lebens ist. Ich habe keine Angst davor. Ich weiß nicht, was kommen wird, aber ich fürchte mich nicht davor.

Viel mehr Angst habe ich davor, was Mum und Dad durchstehen müssen, wenn sie an meinem Grab stehen und meinen Namen neben dem meiner Grandma auf dem Stein lesen. Es hieß mal, für Eltern gäbe es nichts Schlimmeres, als seine Kinder zu überleben. Und davor habe ich Angst. Dass Mum und Dad nie wieder glücklich werden könnten – dass ich nicht als fröhliches Kind in ihrem Gedächtnis bleiben werde, sondern als ihre Tochter, die sie mit nur sechzehn Jahren verloren haben. Außerdem will ich nicht, dass Logan nicht versteht, dass ich nicht mehr wiederkommen werde. Das macht mir Angst. Nicht die Tatsache, dass ich mich selbst von der Welt verabschieden muss. Das muss jeder doch irgendwann.

Irgendwann habe ich angefangen, mir darüber Gedanken zu machen und sie aufzuschreiben. Das Leben ist ein Geschenk, dass Einzige, das wir besitzen. Und das Einzige, was wir verlieren können. Und egal, wie wir manche Menschen lieben, es ist doch letztendlich das Leben, das wir am meisten lieben, denn ohne das Leben würden wir auch niemanden lieben können.

Und wir wissen nicht, ob es irgendwo vielleicht doch weitergehen wird. Und deshalb wissen wir auch nicht, ob wir weiter mit unserem geliebten Leben gehen werden. Es gibt Menschen, die davon ausgehen, dass sie in einer anderen Welt weiterleben werden und all ihre verstorbenen Verwandten wiedersehen. Es gibt Menschen, die glauben, nach dem Sterben sei alles vorbei.

Ich bin ein Mensch, der weder *O Ja* noch *O Nein* ankreuzen würde, wenn das Leben mir einen Brief schreiben würde. Ich weiß, was ich ihm antworten würde – denn wir wissen nicht, wie es weitergehen wird.

Carola Marion Menzel wurde 1999 geboren. Ihre Hobbys sind Schreiben, Lesen, Zeichnen und Malen. Sie macht Jazz- und Stepptanz und singt im Chor.

Briefe

„Katja, nicht träumen, aufräumen!“

Ich zuckte zusammen und rollte die Karte auf, die ich eben studiert hatte. „Man wird sich den alten Plunder ja auch mal ansehen dürfen“, murmelte ich, aber das hatte Mama gehört.

„Schatz, bitte“, sie seufzte. „Lass deine Wut nicht an allen anderen aus.“

„An wem lasse ich sie bitte aus?“ Gereizt sah ich auf. „An dir? Indem ich versuche, Sachen mit Wert aufzuheben? Wie siehst du denn bitte, was du behalten willst, wenn du alles blind wegwirfst, ohne vorher Oma zu fragen?“

„Maus“, sagte sie, schüttelte den Kopf und ließ sich auf einen Kinderhocker nieder, der einst ihr gehörte und mit bunten Mickey-Maus-Stickern beklebt war. „Du weißt doch, dass Oma alles mitnehmen würde.“

„Aber vielleicht sind Sachen dabei, die ihr wirklich etwas bedeuten“, giftete ich weiter. Mein Gott, sie würde doch auch nicht wollen, dass ich in sechzig Jahren alles wegwarf, was ihr etwas bedeutete, nur weil sie zu mir zog und ich alten Ramsch nicht brauchen konnte.

„Du kannst sie doch nicht bei jeder Kleinigkeit fragen!“, rief Mama aufgebracht. „Dann werden wir hier nie fertig!“

„*Du* lässt *deine* Wut an *ihr* aus!“, zischte ich.

„Meine Wut? Auf wen sollte ich wütend sein?“

„Dann eben deine Trauer.“ Ich erhob mich und ließ die Karte in den Schirmständer zurückfallen. „Meine Güte, wie wird es erst, wenn Papa mal stirbt?“

Damit war ich zu weit gegangen, das merkte ich selbst. Aber das war mir jetzt egal. Ich hatte es hier ja wohl am schwersten.

Opa war letzte Woche gestorben. Nicht unerwartet. Seit Jahren hatte er an einer schweren Krankheit gelitten und in den letzten Monaten war es schlimmer geworden. Er hatte niemanden mehr erkannt, er hatte ins Bett gemacht und komplett wirres Zeug geredet. Mama hatte das nicht ertragen, sie hatte sich geweigert, Oma und Opa zu besuchen. Und nun war er erlöst und Oma war alleine. Mama hatte darauf bestanden, sie zu uns nach Hause zu holen. Meine Großmutter hatte sich gewehrt, sie lebte in diesem Haus seit über vierzig Jahren, aber meine Mutter hatte darauf bestanden. Und seitdem sprachen sie nicht mehr miteinander. Das war das Schlimmste.

Oma war mir an Opas Seite immer wie eine starke Frau vorgekommen und das war sie auch gewesen. Sie hatte den Haushalt und den Garten ganz alleine geschmissen, Opa versorgt, ihn gewaschen und gegen Ende auch gewickelt. Aber jetzt wirkte sie zerbrechlich, so alleine. Aber Mama sah das nicht.

Auf der Treppe zog ich mein Handy aus der Jackentasche und entsperrte es. Ich blieb stehen und blätterte mit schlagendem Herzen meine Nachrichten durch, aber es war nichts dabei, was mir hätte helfen können. Das kam nämlich noch dazu. Vielleicht würde der Schmerz über Opas Verlust mit der Zeit weniger, schließlich konnte ich nichts daran ändern, dass er gestorben war. Aber wie sollte ich über einen Verlust hinwegkommen, den ich selbst verbockt hatte?

Ich hatte Galliano seit drei Wochen nicht mehr gesehen. Und trotzdem las ich mir immer wieder seine letzten Nachrichten durch. Ich verfolgte, wie er sein Profilbild änderte und versuchte, herauszufinden, wie es ihm ging. Aber meine Anfragen las er nicht mal.

Ich hatte mich um vier mit Elenia verabredet, vielleicht brachte mich das auf andere Gedanken. Seufzend schlappte ich ins Wohnzimmer, zog meinen Laptop herbei, hockte mich aufs Sofa und startete Skype.

„Hey, alles klar?" Elenia musterte mich durch die Webcam eingehend. „Wie geht's dir?"

Soweit ich es erkennen konnte, saß sie in dem Hinterzimmer des Cafés, in dem sie jobbte.

„So weit gut", entgegnete ich.

Auch, wenn das nicht der Fall war. Selbst hier, in Omas Haus, in dem wir im Moment nächtigten, damit wir tagsüber früh anfangen konnten auszumisten, überkamen mich Träume von Galliano. Dann wachte ich auf und konnte nicht mehr einschlafen, weil ich an ihn denken musste.

Elenia schüttelte den Kopf. „Hey, was ist los?"

„Nichts, ich habe nur gestern wieder von ihm geträumt." Ich blinzelte meine Tränen weg. „Ich versteh das nicht, ich versuche ja, ihn zu vergessen, aber es geht nicht. Wenn ich bewusst nicht an ihn denke, dann träume ich von ihm und das kann ich ja nicht verhindern!"

„Hey, ganz ruhig." Elenia hob die Hand und tätschelte die Webcam. „Mir geht's auch nicht wirklich besser."

„Gott, sag bloß, es ist aufgeflogen."

Elenia runzelte die Stirn und presste die Lippen aufeinander.

„Boah, ich sagte doch, das geht nicht gut!", rief ich fassungslos.

Ich hatte ihr von Anfang an gesagt, sie sollte den Scheiß mit ihrem Chef lassen. Ich hatte mich sowieso gefragt, was sie bitte an einem Kerl fand, der ihr Vater sein könnte, aber ihrer Meinung nach waren sie Seelenverwandte gewesen und exakt auf einer Wellenlänge. Das Alter wäre doch völlig egal und ... na ja. Jetzt hatte offenbar seine Frau etwas mitbekommen.

Ich biss mir auf die Unterlippe. „Scheiße, und was machst du jetzt?"

„Er ist noch dabei, es zu leugnen", seufzte Elenia. „Aber ich glaube nicht, dass die das schluckt." Ihr Gesichtsausdruck wurde zunehmend wütender. „Ganz ehrlich, dass diese Schlampe nicht sieht, dass sie ihm nichts geben kann! Wenn er was mit einer anderen anfängt, bedeutet es doch so oder so, dass die Beziehung im Arsch ist, dass sie sich nichts mehr zu sagen haben!"

„Elenia, beruhig dich." Jetzt hob ich die Hand. „Ich ..."

Ich schrie auf, als eine Hand von hinten kam und den Laptop mit einem Knall zuschlug. Ich wirbelte herum und starrte meine Tante an. „Natalia, was soll das?"

„Früher hat man solche Sachen persönlich geregelt." Kopfschüttelnd betrachtete sie mich. „Mensch, oder wenigstens am Telefon.“

„So sehen wir uns wenigstens“, entgegnete ich sarkastisch.

„Hey, Jungsprobleme sind doch nicht per Internet zu regeln.“ Sie ließ sich neben mir aufs Sofa sinken. „Wo sind denn das Schokoladeneis und die Tempos, die dir deine Freundin reichen kann? Und wie will sie übers Internet bei dir sein und dich umarmen?“

„Natalia, komm aus *La Boum* raus, wir sind nicht mehr in den Achtzigern“, meinte ich nur.

Was sollte das denn? Was wollte sie?

„Eieiei, bin ich froh, dass ich schon Teenager *war*.“ Sie erhob sich wieder. „Und dein Freund? Schickt er dir Herzchen per Whatsapp? Knutscht ihr per Skype? Kannst mir ja gerne beibringen, wie das geht. Dein Onkel ist so oft auf Geschäftsreise.“

„Natalia, Galliano hat vor drei Wochen Schluss gemacht“, presste ich hervor.

„Oje.“ Sie setzte sich doch wieder. „Das wusste ich nicht.“

Sie nahm mich in den Arm, als ich wieder anfing zu heulen, und dann lief sie in die Küche und kochte mir mitten am Tag verflucht heißen und verflucht starken Kakao, den ich nicht trinken konnte, aber es tat trotzdem gut.

Und sie reichte mir Tempos und riet mir, ein Kissen zu verprügeln und meinte, ich sollte nicht anfangen, ihn zu hassen, ich müsste ihn nur vergessen, und irgendwie musste ich durch all diese Sachen dann doch wieder lachen. Vielleicht, weil ich das so noch nie erlebt hatte. Und als ich wieder lachen musste, ging es mir blendend.

„Siehst du?“, Natalia grinste mir verschmitzt zu. „Was sagte ich? Deine Freundin hätte dir doch niemals so scheußlichen Kakao kochen können, oder?“

Schniefend musste ich wieder lachen. „Stimmt.“

Keine Ahnung, wie viel Mama von Natalias Tröstaktion mitbekommen hatte, aber sie war den Rest des Abends seltsam mies drauf. Vielleicht befürchtete sie wegen meiner guten Laune, ich hätte mich mit Galliano ausgesprochen. Sie hatte ihn gehasst. Er war, ich zitiere, zu verrückt.

Okay, Galliano *war* auch verrückt. Aber er war nicht dumm, er war in unserem Jahrgang der Beste gewesen, er hatte sein verdammtes Abi letztes Jahr mit 1,2 gepackt. Er war auch nicht diese Punk-Hippie-Rockstar-Mischung, wie Mama ihn immer hinter meinem Rücken genannt hatte. Er rauchte und kiffte nicht, wie meine Mutter es immer behauptete und er hasste Feiern und Saufen wie die Pest.

Galliano war crazy, das konnte man bei einem, der Zaubern als Hobby betrieb und dessen Ziel es war, irgendwann einmal in den magischen Zirkel aufgenommen zu werden, und der schwor, einmal damit Stadien zu füllen, auch gar nicht verneinen. Aber er war es auf so eine liebenswürdige Art und Weise, sodass ich gar nicht wusste, mit welchen Worten ich ihn tatsächlich beschreiben würde, wenn mich jemand unerwartet danach fragen würde. Er war charmant, frech und intelligent und außerdem einer der lustigsten Menschen, die ich in meinem Leben je hatte kennenlernen dürfen. Er hatte mich so oft zum Lachen gebracht wie kein anderer. Hatte.

Jetzt war er weg und blieb weg. Schluchzend drehte ich mich um und starrte mein Kissen an. Was würde ich dafür geben, wenn er jetzt hier neben mir liegen würde. Ich drückte mein Gesicht in seine rote Lederjacke, die er mir irgendwann mal über die Schultern gelegt hatte, als es regnete. Er hatte vergessen, sie sich zurückzuholen. Das Ding war bestimmt sauteuer gewesen. Sie roch nach ihm. Nach seinem Parfum, nach seinen durchgeknallten Klamotten.

Schniefend hob ich den Kopf und mein Blick fing einen Lichtstrahl ein, der unter der Tür durchschimmerte. Es war nach Mitternacht, wer war hier bitte noch wach? Langsam schlug ich die Decke zurück, stieg aus dem Bett und tapste barfuß bis zur Tür. Vorsichtig schaute ich hinaus. Das Licht kam aus Omas Schlafzimmer. Gott, warum war sie denn jetzt noch wach?

Auf Zehenspitzen schlich ich hinüber zu ihrer Tür und spähte hinein. Oma saß auf dem Bettrand. Um sie herum lagen etliche Papiere verstreut. Moment mal, waren das … Briefe?

Vorsichtig klopfte ich an den Türrahmen und sie sah auf. „Katja, mein Schatz, komm doch rein“, sagte sie lächelnd und rutschte ein wenig zur Seite, sodass ich mich neben sie setzen konnte.

„Was ist das?“, neugierig warf ich einen Blick auf das, was Oma da in den Händen hielt.

„Hast du noch nie einen Liebesbrief geschrieben?“, fragte sie und sah verwundert auf.

„Oh.“ Ich wandte den Blick ab.

„Nein, lies ruhig.“ Sie lächelte immer noch. „Weißt du, Opa und ich haben uns damals so viele geschrieben ...“ Sie fing meinen Blick auf. „Ja, damals gab es noch keine Handys. Damals waren die Gefühle noch in Tinte und diesem rauen Papier verborgen.“

Sie sah beinahe verträumt aus. Ganz anders, als die misstrauische, introvertierte Oma der letzten Tage. War es so? Schöpfte sie aus diesen Briefen, aus Opas Liebe, ihre Kraft? Blinzelnd nahm ich einen der Briefe, die um mich herum lagen, in die Hand. Das Papier fühlte sich grob an, getrocknete Blumen waren an den unteren Rand geklebt. Die Schrift war zum Teil so verblichen, dass man sie nicht mal mehr entziffern konnte und ich wollte sie auch gar nicht lesen.

Aber dennoch spürte ich, wie viel Bedeutung diese Worte hier haben konnten. Wie Oma jetzt noch aus ihnen ihre Kraft nahm. Sie nahm diese Briefe in die Hände und sie musste sich fühlen wie damals als junges Mädchen, wenn endlich mal wieder ein Brief ihres Liebsten ankam, auf den sie so lange gewartet hatte. Und nie würde diese Kraft aus diesen Worten vergehen, das spürte ich. Diese Liebe, die mit so vielen Worten festgeschrieben war, war dazu bestimmt, nie zu sterben.

Genau wie diese Worte, diese Tinte, würde sie nie von selbst verloren gehen. Was sagten schon Nachrichten aus, die man irgendwann wieder löschte? Wie sollte man irgendwelche Chats in sechzig Jahren noch lesen können, weit überholt von der Technik? Wie sollte man seine Liebe so aufbewahren, wenn man sie nicht in die Hand nehmen konnte wie diese Briefe? Woraus sollte ich, wenn ich so alt war wie Oma, meine Liebe und meine Kraft schöpfen, wie sollte ich über verblichene Tinte streichen und mir vorstellen, wie mein Liebster dasaß und diese Zeilen verfasste?

Und wie sollte er sich an mich erinnern, wenn er nicht mal meine Handschrift kannte?

„Oma, hast du noch ein paar Seiten von diesem Briefpapier?"

Carina Isabel Menzel wurde 1999 geboren. Ihre Hobbys sind Schreiben, Lesen, Malen und Zeichnen, außerdem macht sie Jazz- und Stepptanz und singt im Chor. Es wurden bereits einige Geschichten von ihr in Anthologien und Schreibwettbewerben veröffentlicht.

Annas Hochzeit

Anna stand am Fenster und blickte in den Garten. Es war der Tag ihrer Hochzeit. Bald würden die ersten Gäste eintreffen. Im Garten war alles bereit. Ein Zelt war aufgebaut, in dem die Feier stattfinden sollte. Für die Trauung standen Stühle bereit. Vor diesen gab es einen mit Rosen geschmückten Bogen, unter dem die Trauung stattfinden sollte.

Anna holte tief Luft. Sie wusste, schon ihre Mutter und ihre Großmutter hatten in diesem Garten geheiratet. Bestimmt hatten auch sie an ihrem großen Tag an diesem Fenster gestanden und alles betrachtet.

Die Voraussetzungen für die Ehen der Älteren waren jedoch andere gewesen.

Anna wusste aus den Erzählungen ihrer Oma, wie diese ihren Mann kennengelernt hatte. Die beiden waren sich bei einer Tanzveranstaltung begegnet. Schüchtern hatte Annas Oma ihren Zukünftigen beobachtet. Sie hatte sich nicht getraut, von sich aus auf den jungen Mann zuzugehen. Zu ihrem Glück interessierte dieser sich ebenfalls für sie.

So kam es, dass Opa Hermann Oma Traudy zum Tanz aufforderte. Nach diesem Tanz war beiden klar, dass sie zusammengehörten.

Es begann eine Zeit des Werbens. Treffen fanden in Begleitung anderer statt. Es war undenkbar, dass die jungen Leute sich alleine trafen.

Nach einem Jahr fasste Opa Hermann sich ein Herz. Er machte sich chic, kaufte Blumen und hielt bei Traudys Eltern um deren Hand an. Diese akzeptierten seinen Antrag und die Hochzeit wurde vorbereitet. Erst nach der Hochzeitsfeier durften die jungen Leute das erste Mal Zeit allein miteinander verbringen.

Zwar war diese Vorstellung romantisch. Anna war jedoch froh, dass sich die Zeiten geändert hatten.

Bei ihrer Mutter hatte das Ganze anders ausgesehen. Als Sarah sich in Franz verliebte, konnten die zwei sich ohne Anstandswauwau treffen.

Sarah hatte Anna erzählt, wie sie gemeinsam mit Franz im Kino gewesen war. Auch kleine Ausflüge waren erlaubt. Am meisten hatte Annas Mutter sich immer auf das Tanzen am Samstagabend gefreut.

Anna erinnerte sich an die glänzenden Augen ihrer Mutter, wenn diese von den Tanzkünsten ihres Vaters geschwärmt hatte.

Annas Vater hatte bei seinen Schwiegereltern offiziell um die Hand ihrer Tochter angehalten. Gern wurde er in die Familie aufgenommen. Ein Jahr nach der Hochzeit machte Annas Geburt das Glück ihrer Eltern perfekt.

Die junge Frau war sich nie sicher gewesen, ob sie heiraten wollte. Zwar hatte sie die glücklichen Eltern und Großeltern vor Augen, eine eigene Ehe konnte sie sich trotzdem nicht vorstellen.

Sie hatte die eine oder andere Beziehung. Etwas Ernstes wurde jedoch nicht daraus.

Erst als Mike kam, wurde alles anders. Mike brachte Anna zum Lachen. Er weckte die verrücktesten Wünsche in ihr und half ihr, ihre Träume zu verwirklichen.

Sie zogen in eine Wohnung und waren glücklich. Anna dachte nicht ans Heiraten. Sie genoss es, mit Mike zusammen zu sein.

Als dieser zu ihren Eltern ging, um diese um die Hand ihrer Tochter zu bitten, war Anna sprachlos. Nie hätte sie damit gerechnet, dass Mike so etwas Altmodisches machen würde.

Während sie jetzt auf den Beginn ihrer Trauung wartete, war Anna überglücklich, dass Mike diesen Weg gewählt hatte. Sie wusste, dass sie mit ihm alt werden wollte.

Antje Steffen *kommt aus Schleswig-Holstein und schreibt seit vielen Jahren begeistert Kurzgeschichten und Gedichte.*

In ewiger Liebe

51

Im Augenblick der Stille,
in der Verbundenheit
sah ich dich seinerzeit
durch rosarote Brille

der eigenen Gefühle,
die gibt es nur zu zweit.
Im Augenblick der Stille,
in der Verbundenheit

gibt es Momente viele
der rosaroten Zeit,
wir zwei: die WIR-klichkeit
der ewigen Idylle.
Im Augenblick der Stille,
in der Verbundenheit.

Liliana Kremsner

Die Poolparty

Es funktionierte. Ja, doch, das musste ich zugeben. Ich sah mich im Saal um, sah von der Rothaarigen mit den Sommersprossen zu einer Blonden, zu zwei Brünetten, die miteinander tuschelten und sich unglaublich ähnelten, Zwillinge wohl. Ich blickte von Mädchen zu Mädchen. Es rumorte in meinem Bauch und noch tiefer und ich fühlte mich wie vor der Auslage eines Süßwarenladens, ein Ort, an dem einem das Wasser im Mund zusammenläuft. Nur lief mir jetzt eben nicht das Wasser im Mund zusammen, sondern anderswo. Ich schluckte.

Die Wahrheit war: Ich hätte Lust gehabt, mich auf jedes dieser Mädchen zu stürzen und sie mit in eine der vorbereiteten Sofaecken zu ziehen. Das Perverse: Jede von ihnen wäre mitgekommen, denn es funktionierte. Sie fühlten sich von mir ebenso angezogen, wie ich mich von ihnen. Es lag ein Sirren in der Luft, eine Spannung, wie bei einem heraufziehenden Sommergewitter, nur dass in diesem Saal die Wahrscheinlichkeit von Blitzen gegen Null ging. Es zeigte sich in verstohlenen Blicken. Viele knibbelten an Ohrläppchen, strichen sich immer wieder durch die Haare. Manche traten unruhig von einem Fuß auf den anderen, aber es wirkte nicht nervös, sondern eher sprungbereit. Ich wich zurück. Mein Großvater, da war ich mir sicher, hätte sich zu seiner Zeit bei so viel Erfolg bei den Frauen als toller Hecht gefühlt.

Die Situation jetzt dagegen war weit weniger berauschend. Ich sah an mir herab. Naja, ich hatte mir schon Mühe gegeben, mich für den Anlass passabel zu kleiden, geputzte Schuhe und all das. Ich wusste, ich entsprach dem geltenden Schönheitsideal, das hatte man mir oft genug gesagt. Größe, Statur, lediglich mein Kinn war vielleicht eine Spur zu fliehend. Aber auch das war unwichtig. Es hätte auch mit einem gänzlich anderen Aussehen geklappt.

Denn so lief es bei uns: Sie holten dich an deinem 16. Geburtstag, nahmen dir eine gehörige Menge Blut und Sperma ab und scannten dich durch bis auf die Knochen, bis in den Stoffwechsel, bis in jedes Chromosom.

Dann kam die Einladung. Sie nannten es beschönigend die Poolparty, aber es hatte mit Swimming Pools und den Pina Coladas alter Zeiten nichts zu tun. Es hieß, du triffst deinen Pool an möglichen Partnern, an Menschen, die hormonell perfekt zu dir passen. Es war natürlich nur eine Auswahl, manche waren schließlich schon verheiratet. Es galt das strikte Männer-Frauen-Prinzip, eine Altersgrenze und so. Außerdem kamen die meisten aus der näheren Umgebung. Die Paarung sollte einfach sein und damit der Anreiz für möglichst viele sexuelle Kontakte und Geburten gegeben sein. So dachte man, die nachlassende Fruchtbarkeit der Menschen auszugleichen und die Spezies zu erhalten. Sie ließen es natürlich aussehen wie eine Party, aber all die Salzstangen, Canapés und Mousse au chocolat konnten über den wenig lockeren Anlass nicht hinwegtäuschen. Wir wussten schließlich alle, um was es ging. Wir sollten einen Heiratskandidaten finden oder wenigstens eine kleine Gruppe für die engere Wahl. Und das möglichst schnell.

Hier und da tippte mir ein Mädchen auf die Schulter, berührte mich leicht am Ellbogen. Wahrscheinlich suchten auch einige meinen Blick. Allein, der war starr. Alles, was blieb, waren Wellen von Schweißgeruch, gemischt mit Parfum. Und ein Geräuschbrei aus Gesprächsfetzen. Ich sah nichts mehr. So ging es mir immer zwischen vielen Menschen. Meine Aufmerksamkeit diffundierte wie die Tropfen eines Rasensprengers in alle Richtungen. Sie war überall und nirgends. Also schob ich mich auf Autopilot durch die Menge, stolperte vorwärts, suchte Halt, suchte etwas Vertrautes. Siri. Instinktiv wurde mir klar, dass ich *sie* suchte. Wir kannten uns eine Ewigkeit.

Mit zwei oder drei hatten es alle rührend gefunden, wie nah wir uns standen. Dass einer nicht ohne den anderen sein konnte. Dass wir schon wussten, wo wir zusammen wohnen wollten, wenn wir groß waren, wie viele Kinder wir haben würden, wie sie heißen sollten. Je älter wir jedoch wurden, desto mehr schwand die Rührung und machte einem Stirnrunzeln Platz. Meine Mutter predigte, wie unsicher und leidvoll eine solche eigensinnige Partnerwahl sei. Zu ihrer Zeit war jede zweite Ehe geschieden worden. Auf den eigenen Instinkt könne man sich schlicht nicht verlassen.

Plötzlich schob sich ein bekanntes Gesicht in mein Blickfeld, so nah, dass sich fast unsere Nasen berührten. Caro.

„Hallo, Steff", sagte sie. Ich seufzte. Ja, klar, auch wir kannten uns eine Ewigkeit. Aber das war etwas anderes. Egal, was meine Körperflüssigkeiten den Chemikern verraten mochten, mit Caro passte ich nie im Leben zusammen.

Ich erinnerte mich an unseren ersten Schultag. Sie hatte einen Frosch beobachtet, der in eine Regentonne gestürzt war und sich nun mühte, herauszukommen. Nie werde ich vergessen, wie der arme Kerl, kaum am Rand angekommen, von Caro lächelnd einen kleinen Stups erhielt, der ihn zurückbeförderte.

Nein. „Caro." Ich wandte mich ab, doch sie ließ nicht locker, fasste meine Hand und zog mich näher.

„Hey, auf diesen Tag warte ich seit der ersten Klasse." Sie grinste.

„Quatsch", knurrte ich. Im selben Pool zu landen ist ungefähr so wahrscheinlich, wie auf dem Jahrmarkt beim Loseziehen das größte Kuscheltier zu gewinnen.

„Komm schon, Steff, mit irgendwem musst du reden. Welchen Namen willst du später auf die Liste setzen, wenn du hier nur dumm rumstehst?"

Sie hatte recht. Nach dem Reglement musste man Kontakt aufnehmen. Anderenfalls kam einer der sogenannten Poolies, traf die Wahl und brachte einen mit einem Mädchen in ein Separee. Das war dann die Wunschpartnerin. Ein Albtraum. „Sie haben dich schon im Blick, Schatz, besser, du redest mit mir." Ich sah mich um. Tatsächlich, ein Trüppchen Poolies schaute in unsere Richtung. Eine Frau deutete mit ihrem Kopf zu uns.

Schnell legte ich Caro meinen Arm um die Schulter und flüsterte: „Aber bilde dir bloß nichts ein."

Sie lachte. „Ich mag dich so störrisch. Hast ja eh keine Wahl. Siri ist nebenan im grünen Salon gelandet." Mir wurde schlecht. Richtig, auch Siri würden sie zwingen, sich zu verpartnern. Ich hatte es verdrängt. Caro grinste. „Hab sie da reingehen sehen. Sie war wie immer zu spät, weißt du?"

Natürlich wusste ich es. Siri war ein äußerst pünktlicher Mensch, außer sie verabscheute etwas zutiefst, dann verlangsamte sich alles an ihr, ihre Sprache, ihre Atmung, ihre Bewegung. In diesem Zustand war es begreiflicherweise schlicht unmöglich, einen Zeitpunkt genau zu treffen. Je mehr sie sich bemühte, desto langsamer wurde sie. So war das mit Siri. Ja, zum Unterricht kam sie oft zu spät, zu unseren Treffen nie.

„Hörst du mir überhaupt zu?" Caro wies auf eine der Glastüren des Raums, die uns vom grünen Salon trennte, und durch die man ein wenig von dem Treiben dort mitbekam. Wir spiegelten uns in ihr. „Wir passen total gut zusammen, gleich groß, gleich sportlich, ich so blond und du so dunkel, total schön." Ich musste zugeben, das stimmte. Rein formal betrachtet. Neben Siri sah ich immer aus wie eine verirrte Giraffe und sie wirkte neben mir klein und rund. Alles an ihr war geschwungen und weich, angefangen bei ihren dunklen Locken bis hin zu den Stummelzehen und ihrer tiefen Stimme. Sie erinnerte mich an Sahnebaiser und die Daunendecken meiner Oma: süß und kuschelig.

Plötzlich sah ich sie. Sie stand hinter der Glastür und schaute uns an. Dann drehte sie sich um und verschwand in der Menge. Mir blieb die Luft weg. War das mein eigener Schreck oder fühlte ich all das, was ich in diesem kurzen Moment in Siris Gesicht gesehen hatte? Ich sprang auf die Tür zu und ruckelte daran. Verschlossen. Logisch, wir sollten uns nicht mischen, das war ja der Sinn. Ich sah mich um, hatten die Poolies mich beobachtet? Nein, nur Caro mit spöttischem Blick, ihrer Sache sicher.

„Muss mal", nuschelte ich und suchte den Ausgang zu den Toiletten. Ich lief über die Gänge, drückte die erstbeste Tür mit einer WC-Figur am Eingang auf. Und ärgerte mich, konnten einen diese Poolmädchen nicht einmal in Ruhe aufs Klo gehen lassen? Mussten sie mich auch hier draußen so anstarren? Ich schaufelte mir am Waschbecken Unmengen von Wasser ins Gesicht. Als ich zu mir kam und in den Spiegel über dem Becken schaute, traf mich der Schlag.

Ich sah Siri direkt in die Augen. Sie stand neben mir, erstarrt. Hinter uns kam eine Frau, guckte verblüfft und verschwand. Bevor die nächste kam und womöglich losschrie, weil ein Mann auf dem Frauenklo war, zog ich Siri mit mir in eine Toilettenkabine und schloss ab.

Wir saßen ziemlich lange auf dem Klodeckel, hielten uns im Arm und weinten. „Alles in Ordnung da drin?" Jemand zog am Türknauf.

Siri wischte sich mit der Hand über das Gesicht. „Ja, schon gut."

Auf dem Flur hörte ich Caro nach mir rufen. Ich zeigte stumm auf das Klofenster. Sie nickte. Alles andere schien viel zu riskant. Wir waren keine Helden, doch jetzt türmten wir ganz klassisch mit Räuberleiter, wie wir es vom großen Kirschbaum gelernt hatten. Nie war ich an der frischen Luft so glücklich wie an diesem Tag, an dem wir schließlich auf dem Nussberg unter einem Baum lagen und so lange in den Himmel schauten, bis aus den Wolken Sterne geworden waren. Gab es eine Möglichkeit, unsere Hormonwerte zu fälschen? Galten jenseits unserer Staatsgrenzen andere Regeln? Wir wussten es nicht. Wir wussten nur, so würden wir nicht noch mal zusammen auf dem Klo heulen. Wir hatten uns gefunden. Wir sahen es als ein Zeichen. Und ein neuer Tag würde kommen.

__Hanna Bertini__ gehört zur Generation Golf und lebt mit Kind und Kegel bei Braunschweig. Sie liebt Papier in jeder Form und bastelt gern an Worten herum, beruflich an Sachtexten, privat auch mal anders.

Liebe im Gezeitenstrom

Die Liebe zeigt sich in vielfältiger Weise. Da sind zum Beispiel zwei Menschen, die einander fremd sind und sich erst kennenlernen. Beide haben dennoch das Empfinden, es gibt bereits eine Verbindung zwischen ihnen oder sie wären sich schon einmal irgendwo begegnet. Jeder von ihnen wird in diesem Fall sicherlich alles versuchen, um mit dem Gegenüber ins Gespräch zu kommen, mehr über ihn zu erfahren. Schließlich ist dieses untrügliche Gefühl da, was verunsichert und gleichzeitig neugierig macht. Zunächst will jeder die Bestätigung finden, dass es gar nicht sein kann und sie einander nicht kennen, und dennoch gibt es schon jetzt ein unsichtbares Band und das Gefühl eines Wiedererkennens. Ist das vielleicht der Gleichklang zweier Seelen, die sich durch die Zeiten wiedererkennen?

Manch einer bezeichnet so eine Begegnung als Liebe auf den ersten Blick.
Wieder andere sagen, das sei eine Liebe durch die Gezeiten ihres Lebens.

Es gibt viele Beschreibungen und Schilderungen in der Literatur über die eine, ganz große Liebe. Sie taucht immer wieder in verschiedenen Epochen auf. Die Menschen im Mittelalter hatten eine völlig andere Auffassung von Liebe, Ehe und Ehre als wir modernen Menschen. Für die Eheschließung eines Tagelöhners oder des niederen Gesindes mussten die beiden Lehnsherren vorab ihre Zustimmung geben.
Die eigentliche Verehelichung wurde vor der Kirche im Beisein einiger weniger Zeugen und des Pfarrers vorgenommen. Danach musste die Ehe in Anwesenheit von Zeugen vollzogen werden,

um als gültig akzeptiert zu werden. Die Ehe diente dem Zweck, Gottes Auftrag zu erfüllen. Damit wurde sichergestellt, dass die Nachkommen legitim waren. Das Prozedere der Brautwerbung verlief sicherlich völlig anders, als wir uns das mit einer vielleicht sogar verklärten Romantik in der heutigen Zeit vorstellen.

Selbst Traditionen, die etwas von Beständigkeit an sich haben und geprägt sind vom Fortsetzen gewisser Entwicklungen und Abläufe, haben sich im Laufe der Jahrzehnte verändert. Ganz sicher auch durch die Jahrhunderte! Die Art der Brautwerbung mit ihren Vorgaben der einzuhaltenden Verlobungszeit oder die der Hochzeitsbräuche von einst ist eine ganz andere geworden.

Würde im Umkehrschluss ein Mensch aus der Römerzeit oder dem Mittelalter mit den Eheschließungen unserer heutigen Zeit nicht auch völlig verwirrt reagieren?

Alles, was uns heute völlig normal vorkommt und dem noch etwas von Traditionen anhaftet, könnte in zwanzig Jahren längst verändert sein.

Aber die Liebe zwischen zwei Menschen bleibt gewiss, wie sie ist.

Liebe jedoch unterwirft sich selten einem Diktat. Verliebte Menschen fanden und finden immer zueinander, wenn sie sich ihrer Liebe sicher waren bzw. sind. Sie trotzten im Mittelalter und auch in der heutigen Zeit fast allen Widerständen oder Schwierigkeiten durch die Kraft einer großen Liebe. Sie gab und gibt Hoffnung, Zuversicht und Glaube. Dabei war und ist es gleichgültig, aus welchen Ständen die Menschen stammten oder ob sie arm oder reich sind.

Liebe ist eines der stärksten Gefühle, zu dem wir Menschen fähig sind. Wir verkümmern ohne Liebe, kein Leben ist lebenswert ohne sie. Dieses Gefühl kann verzehrend sein, ebenso wie der Hass. Wenn das große Gefühl der Liebe verletzt wird, nur noch mit Schmerzen einhergeht, kann sie durchaus ins Gegenteil umschlagen. Manchmal stirbt sie langsam ab und hinterlässt sogar so etwas wie Erleichterung darüber, dass sie vergangen ist. Sie kann abrupt enden mit dem Tod eines Partners oder durch eine unvermeidbare, längere Trennung.

Liebe hat unendlich viele Facetten, bringt Saiten in uns zum Klingen, die wir niemals für möglich gehalten haben, beflügelt uns, spornt zu Höchstleistungen an, verbindet den Geist und die Seele.

Ohne Liebe ist das Leben nicht bunt,
sie verändert unseren Blick auf das Leben
und es würde etwas Entscheidendes fehlen,
sie ist das Salz in der Suppe unseres Lebens.
Liebe hofft, bangt, duldet und lässt zu.
Liebe ist zeitlos.

Dorothea Möller *wurde 1961 geboren, lebt und arbeitet in Hamm. In ihrer Kinderzeit verschlang sie Bücher regelrecht und begann während der Schulzeit mit dem Schreiben. Sie schreibt für Kinder und Erwachsene: Märchen, fantastische, wie historische Geschichten, Dinge zum Nachdenken und zum Mut machen.*

Rea und Len

Ich kann mich noch ganz genau an meine erste Begegnung mit Len erinnern. Es geschah vor etwa vier Monaten. Ich war gerade in meinem Zimmer und las einen Thriller auf meinem Tablet, als mich ein Piepen zusammenzucken ließ. Ich hob den Blick. An meiner Zimmerwand erschien eine Projektion meines Vaters. Das Bild war so klar und scharf, als würde er direkt vor mir stehen. Seine ernsten Augen blickten mir streng entgegen. „Rea?"

Ich richtete mich auf und nickte. „Ja?"

„Komm bitte in mein Büro. Es geht um deinen neuen Leib-wächter."

„Alles klar." Die Projektion verschwand und ich seufzte. „Lexa", sagte ich, „bring mich in Vaters Büro."

Lexa war der Name der Glaskabine, die mich von Raum zu Raum transportierte. Meine Zimmertür öffnete sich und sie er-schien. Ich betrat das fahrstuhlartige Gerät und stand schon we-nige Sekunden später vor der Bürotür meines Vaters.

„Öffnen", befahl ich. Die Tür glitt zur Seite und ich schritt in den Raum.

Mein Vater, die rechte Hand unseres Präsidenten und damit ei-ner der mächtigsten Männer des Landes, blickte mir ungeduldig entgegen. Er kam ohne Umschweife zur Sache: „Wie du bereits weißt, habe ich deinen letzten Leibwächter gefeuert. Ich habe nun endlich jemand gefunden, der sich eignet, das Leben meiner Tochter zu beschützten. LEN!", rief mein Vater. Eine weitere Tür öffnete sich und ein breitschultriger junger Mann erschien. Er stellte sich neben meinen Vater.

Mein neuer Bodyguard war fast zwei Meter groß und bestimmt einige Jahre älter als ich, also schätzungsweise Anfang zwanzig. Wie es sich für einen Leibwächter gehörte, hatte er kurz geschorene Haare und trug die Kleidung, die der Ordnung meines Vaters entsprach: Kurzärmliges schwarzes T-Shirt, das die Arm- und Bauchmuskeln betonte, und eine locker sitzende dunkle Hose. Er sah aus wie alle anderen Leibwächter, die ich bisher kennengelernt hatte. Sie waren Klone, die ihr eigenes Leben für das eines anderen opfern mussten.

Normalerweise wirkten die Bodyguards kalt und ohne jegliches Gefühl, doch in dem Blick meines neuen Aufpassers lag ... Interesse. Ich starrte ihn an. Er hatte faszinierende blaue Augen. Es war ein dunkles, unergründliches Blau. Ich sah schnell wieder weg.

An Len gewandt sagte mein Vater: „Für Sie gelten alle Regeln, die wir besprochen haben. Dennoch noch einmal zum Verständnis: Erstens bleiben Sie ab sofort immer bei meiner Tochter, aber Sie dürfen ihr, zweitens, nicht zu nahe kommen, also keine privaten Gespräche und auch keine Annäherungen, wenn es nicht notwendig ist. Ihre Beziehung ist rein zweckmäßig. Sollte mir zu Ohren kommen, dass Sie versuchen, eine romantische Beziehung mit meiner Tochter zu führen oder dass Sie sie in irgendeiner Weise belästigen, werden Sie auf der Stelle gefeuert. Klar?"

Ich dachte an meinen letzten Leibwächter Kan und hatte auf der Stelle ein schlechtes Gewissen. Er hatte seinen Job eigentlich recht gut gemacht, aber ich hatte mich in seiner Anwesenheit immer unwohl gefühlt. Er war manchmal geradezu furchteinflößend gewesen. Da ich das meinem Vater natürlich nicht so sagen konnte, hatte ich behauptet, Kan hätte mich belästigt. Daraufhin hatte mein Vater ihn entlassen.

„Ja, selbstverständlich!", antwortete Len einer tiefen, rauen Stimme, die mir unter die Haut ging.

„Gut. Dann geht! Ich habe zu tun!", forderte mein Vater uns auf und machte eine Handbewegung in Richtung Tür, als wären wir ein lästiger Fliegenschwarm, den er möglichst schnell beseitigen wollte.

Len öffnete mir die Tür und ich rief Lexa. Es war seltsam, gemeinsam mit Len in der Kabine zu stehen. Wir waren uns so nah, dass ich seinen Geruch wahrnehmen konnte. Noch bevor ich entscheiden konnte, ob ich seinen Geruch mochte oder nicht, waren wir in meinem Zimmer angekommen. Gut so. Ich sollte nicht über solche Dinge nachdenken. Ein wenig unschlüssig blieben Len und ich im Raum stehen. Er war immer noch so nah. Normalerweise waren mir solche Dinge bei meinen Bodyguards nie bewusst, aber bei Len war es irgendwie anders. Seine Anwesenheit war ... intensiver.

Ich wusste nicht, was ich tun sollte. Um meine Unsicherheit zu überspielen, ließ ich mich seufzend auf mein Bett sinken und warf einen Blick auf meinen Computer. Für heute war ich mit dem Unterricht fertig. Alle Aufgaben waren gelöst, und wenn ich weiterhin so gute Fortschritte im Lernprogramm machte, war ich im kommenden Jahr fertig.

Die Schulen, die es früher gegeben hatte, waren abgeschafft worden, stattdessen wurde man von einem speziellen Computerprogramm unterrichtet.

Len räusperte sich. „Wissen Sie, Rea ...", begann er. Er stand immer noch mit gestrafften Schultern mitten im Raum.

Ich unterbrach ihn: „Bitte, duzen wir uns. Ich hasse es, wenn mich alle immer mit Sie ansprechen."

Für einen kurzen Moment zögerte er und blickte mich verwirrt an, dann stahl sich ein kleines Lächeln auf seine Lippen. So sah er gleich noch sympathischer aus.

Er öffnete gerade den Mund, um erneut anzusetzen, als uns ein heller, schriller Ton zusammenzucken ließ. Der Alarm!

Wir sahen uns an und wussten, uns blieben nur Sekunden. Mein Puls beschleunigte sich, als Panik sich in mir breitmachte. Len packte mich am Arm und zog mich in die Höhe. Ehe ich noch darüber nachdenken konnte, Lexa zu rufen, stürmten wir schon aus meinem Zimmer und die Treppen nach unten. Aus allen Räumen strömten Menschen, drängten nach draußen und blockierten die Treppen. Wir mussten sofort hier raus!

„Komm!", rief Len mir über den Lärm hinweg zu. Er zerrte mich fort von den panischen Menschen und zum nächsten Fenster. Während er es entriegelte, wurde mir bewusst, was er vorhatte.

„Bist du wahnsinnig?", schrie ich. Wir befanden uns im zweiten Stock! Er gab mir keine Antwort, sondern hob mich mit einer einzigen schnellen Bewegung hoch. Für ihn schien ich ein Fliegengewicht zu sein.

Ich wehrte mich. „Wir müssen den Notausgang nehmen!"

„So viel Zeit haben wir nicht!"

Ich konnte seinen Herzschlag spüren. Er hatte Angst. Unsere Blicke trafen sich und ich gab meinen Widerstand auf. Len hielt mich fest in seinen Armen, kletterte auf das Fensterbrett und ... sprang genau in dem Moment, in dem die ersten Wellen den Boden erschütterten.

Len und ich flogen durch die Luft und ich schwöre, ich hatte noch nie zuvor so viel Angst gehabt. Noch nie war ich in so eine Situation geraten. Ich hatte meine Leibwächter bisher für überflüssig gehalten, aber während wir in die Tiefe stürzten, wurde mir klar, wie gefährdet mein Leben sein konnte.

Ich hatte die Augen weit aufgerissen und sah den Boden rasend schnell auf uns zukommen. Mein Magen flatterte und ich krallte mich an Lens Arm. Sein Griff wurde noch fester und wir landeten unsanft im Gras. So sehr ich die künstliche Wiese hasste, die mein Vater extra hatte anlegen lassen, so froh war ich, nicht auf Beton aufgekommen zu sein.

Ich hatte keine Zeit, mich zu freuen, dass wir noch am Leben waren, oder mich zu fragen, ob er verletzt war, denn die Erde bebte erbarmungslos.

Len drehte sich so herum, dass er auf der Seite lag und meinen Körper mit seinem schützen konnte. Wir keuchten. Mein Herz schlug viel zu schnell und drohte, mir aus der Brust zu springen. Jetzt nur nicht durchdrehen, wies ich mich zurecht. Behalte einen kühlen Kopf!

Das Beben wurde schwächer, doch ich wagte es immer noch nicht, mich zu rühren, aus Angst ich könnte damit eine weitere Katastrophe auslösen.

Nach einer gefühlten Ewigkeit war die Erde ruhig und ich hob vorsichtig den Blick. Len sah mich forschend an.

„Alles okay?", fragte er leise.

Ich nickte mechanisch. „Ja. Wie ... wie geht es dir?" Meine Stimme klang furchtbar kläglich.

„Alles in Ordnung. Aber wir sollten noch abwarten. Das Schlimmste mag vorbei sein, doch wir sollten vorsichtig sein", murmelte er. Seine tiefe Stimme hatte eine wunderbar beruhigende Wirkung auf mich.

Ich versuchte, mich ein wenig zu entspannen. Ich lag immer noch in seinen Armen und er halb auf mir. So nah war mir noch nie jemand gekommen. Aber ich hatte nichts dagegen. Ich brauchte diese Nähe jetzt sogar als Trost. Ich betete, dass alle noch rechtzeitig nach draußen gekommen waren und es keine zu großen Schäden gab.

„Bist du wirklich okay?", fragte Len und unsere Blicke trafen sich.

Ich zwang mich zu einem Nicken.

„Danke", keuchte ich nach einer Weile. „Danke, dass du mich gerettet hast."

„Es war mir ein Vergnügen."

Ich sah ihn an und lächelte. Lens Mundwinkel hoben sich ebenfalls. Etwas piepte und Len warf einen Blick auf seine Uhr. „Was ist passiert?", fragte er mit gerunzelter Stirn.

„Jemand hat sich ins System gehackt", kam eine Stimme aus der Uhr. „Wir wissen noch nicht, was genau passiert ist, aber es war verdammt knapp. Die Angriffe werden jedes Mal stärker."

Len zog die Augenbrauen zusammen. „Da muss aber eine gewaltige Sicherheitslücke im System gewesen sein. So was darf nicht noch einmal passieren."

Die Person, deren Stimme aus der Uhr kam, seufzte. „Ich weiß, aber es werden so schnell neue Dinge erschaffen, dass wir mit der Entwicklung einer entsprechenden Verteidigung kaum hinterherkommen. Das ..."

„Ist jemand zu Schaden gekommen?", unterbrach ich ihn.

„Sieht nicht danach aus."

Erleichterung machte sich in mir breit. „Gut, danke."

Nachdem das größte Chaos vorüber war, rief mein Vater Len und mich in sein Büro. Ich erzählte ihm, dass Len großartige Arbeit geleistet und mich gerettet hatte. Daraufhin beschloss mein Vater, die Regeln zu ändern. Normalerweise verbrachten die Bodyguards die Nacht in einem benachbarten Raum, aber da wir immer noch nicht sicher vor einem erneuten Angriff waren, sollte Len in meinem Zimmer schlafen.

Ich war geschockt, als mein Vater das verkündete. Mein Leibwächter mit mir in einem Raum? Die ganze Nacht über?

Mein Vater war der Meinung, dass ich dadurch sicherer war, und so lag ich wenige Stunden später in meinem Bett und Len auf dem Teppich daneben.

„Ist das nicht furchtbar unbequem?", fragte ich in die stille Dunkelheit hinein.

Er lachte leise. „Keine Sorge. Es ist okay."

„Sicher?"

„Gibt es denn eine Alternative?"

Daraufhin schwieg ich.

Nach einer gefühlten Ewigkeit fragte ich: „Bist du noch wach?"

„Mhm."

Ich starrte an die Decke, während ich sprach. „Ich wollte noch mal danke sagen. Es war ein verrückter, gefährlicher Plan, aber es hat funktioniert. Danke."

„Du musst nur Vertrauen haben, Rea. Das ist alles."

Ich dachte eine Weile darüber nach, ehe ich sagte: „Es gibt sie."

„Hm?"

„Eine Alternative."

„Ach ja?"

Ich atmete tief ein und aus. Ich war wahnsinnig. „Hier ist noch eine Menge Platz."

„Das wäre ein Verstoß gegen die Regeln. Schon am ersten Tag." Ich glaubte, ein Lächeln in seiner Stimme zu hören. Ich antwortete nicht. „Bist du dir sicher, dass du das willst?"

„Ich schätze schon."

„Nun gut. Wenn du drauf bestehst."

Mein Herz blieb stehen, als Len tatsächlich aufstand und zu mir unter die Bettdecke kroch. Ich war wie erstarrt und unfähig zu atmen.

„Wehe, du ziehst mir die Decke weg."

Ich schluckte schwer. „Würde ich niemals tun."

„Na dann. Gute Nacht."

„Nacht." Obwohl es mir unmöglich erschien, jemals einzuschlafen, dämmerte ich schon bald weg. Als ich aufwachte, lag mein Kopf nicht länger auf dem Kissen. Ich brauchte einen Moment, um zu realisieren, dass er auf Lens Brust ruhte. Mein rechter Arm war um seine Taille geschlungen. Ich sog scharf Luft ein. Wie konnte das nur passieren?

„Gemütlich?"

Ich zuckte bei dem Klang seiner rauen Stimme zusammen.

„Es tut mir leid. Ich ..."

„Es muss dir nicht leidtun."

Ich wusste keine Antwort darauf. Meine Augen weiteten sich, als ich seine sanfte Berührung auf meiner Wange spürte. Mit einem Mal wurde mir bewusst, dass das der Moment war. Der Moment, in dem ich alles in der Hand hatte. Ich konnte es zulassen oder ihn zum Teufel jagen. Mein Körper traf die Entscheidung für mich. Ohne darüber nachzudenken, ließ ich meine Hand zu seinem Gesicht wandern. Mehr Zustimmung brauchte Len nicht. Er neigte sich zu mir und ... küsste mich.

Nadine Mönch wurde 1998 geboren und besucht ein Gymnasium in München. Die junge Autorin begann bereits im Alter von acht Jahren mit dem Schreiben und mit dreizehn hatte sie erste Erfolge: Sie gewann Wettbewerbe, ihre Texte wurden veröffentlicht und sie hielt ihre erste Lesung. Inzwischen verfasst sie neben Kurzgeschichten auch Romane, Artikel und Buchrezensionen für ihren Blog.

Im Herzen die Schlacht

Die Nacht klarte allmählich auf, wodurch die Sterne und der silbrige Mond den Hof in ein sanftes Licht tauchten. Das Vieh war schon längst wieder in der Scheune, als ich das Haus betrat, in dem eine einsame Kerze den Raum erhellen sollte. Mutter hatte Mühe, die Flamme aufrechtzuerhalten, da der Wind, der durch die undichten Stellen zischte, die Kerze am Glühen hinderte.

„Da bist du ja, Ella", sagte Mutter, als sie meine Schritte erkannte, ohne aufzublicken. Ihre Haare hingen glanzlos herab, ihr Körper war spindeldürr und hätte sie aufgeblickt, um mich anzusehen, hätte ihr Gesicht müde ausgesehen. In vielerlei Hinsicht war ich ihr ähnlich, so zumindest sagte Vater.

Ich ging vorsichtig, mit Bedacht, in Richtung meines Schlafraumes. „Ella?" Plötzlich stand ich still. Ich wusste nur allzu genau, was jetzt kommen musste. Jede Faser meines Körpers war angespannt und für einige Augenblicke hielt ich die Luft an. Langsam drehte ich mich zu meiner Mutter um, die noch immer nicht von ihrer Kerze aufzublicken vermochte.

„Ja, Mutter?", flüsterte ich.

„Hatte ich dir nicht verboten, diesen Bastard zu treffen?" Wut durchzuckte mich, als ich hörte, wie sie ihn nannte. Mir lagen tausend Antworten auf der Zunge, die ich hätte hervorbringen wollen, jedoch wären sie allesamt nicht der Höflichkeit entsprechend gewesen und hätten Mutter erzürnt. Würde dies geschehen, würde sie Vater holen, was bei Weitem schlimmer wäre.

„Wirst du es Vater erzählen?", flüsterte ich also bloß. Jede Form der Leugnung hätte nichts genützt. Sie blickte auf und sah mich mit ausdruckslosen Augen an, dann schüttelte sie langsam den Kopf.

„Nein", sagte sie. „Ich kann Geheimnisse für mich behalten."

Der Hauch eines Lächelns umspielte ihre ungeübten Lippen. „Ich möchte nicht die Wut deines Vaters auf dich ziehen. Das halte ich nicht für nötig. Jedoch nur unter der Voraussetzung, dass du ihn nie wieder sehen wirst."

Tränen rannen mir die Wangen hinunter und wie jedes Mal, wenn ich dieses Versprechen gab, schnürte es mir die Kehle zu, obgleich mir bewusst war, dass ich es nicht würde einhalten können. Vermutlich würde ich schon am nächsten Tag zum Schmied ins Dorf rennen, wo Tristan lebte, oder aber in den Wald, dahin, wo wir uns immer trafen, wenn wir uns nach der Stille sehnten.

„Ich bin nicht gänzlich ohne Mitgefühl, jedoch weißt du, dass die Hochzeit bald stattfinden wird."

Diese Hochzeit war keine andere als meine eigene. Als kleines Mädchen träumte ich stets davon, aus wahrer Liebe zu heiraten. Doch dieser Wunsch löste sich auf, als mein Vater mir vor wenigen Tagen verkündete, ich würde den Sohn eines Kaufmannes heiraten müssen.

Eine Zwangsheirat war nicht unüblich, jedoch brach es mir mein Herz. Vor vielen Jahren, es schien wie eine Ewigkeit zu sein, versprach Mutter mir, mir so etwas nie anzutun. Dieses Versprechen bröckelte und verschwand schließlich. Auch wenn sie wusste, wie furchtbar es sein konnte, jemanden zu heiraten, den man nicht liebte, willigte auch sie schließlich ein.

Mein Vater war kein guter Mensch. Nicht nur wegen der Heirat, nein, selbst früher war er grauenvoll gewesen. Ich hatte Mutter immerzu bemitleidet und für sie gebetet, irgendwann ein besseres Leben führen zu können, doch selbst dieses Mitleid verschwand an jenem Tag.

Stumm wartete ich, bis meine Mutter sagte, ich könne nun gehen, und schließlich kauerte ich mich völlig erschöpft auf meinem Schlafplatz zusammen und war kurz darauf in einen unruhigen Schlaf verfallen.

Die Sonne war noch nicht aufgegangen, als ich mich aus dem Haus schlich. Ich fürchtete, dass meine Eltern mich sehen könnten, aber ich verhielt mich so vorsichtig, dass ich es für gar unmöglich hielt. Fast geräuschlos überquerte ich den Hof und war bald darauf außer Sichtweite gelangt. Es waren ungefähr zwei Kilometer bis zum nächsten Dorf. Ich rannte, damit Tristan und mir mehr Zeit bleiben würde. Vater stand bereits in den frühen Morgenstunden auf, um zu arbeiten. Bis dahin musste ich es zurück sein. Der Wind peitschte in mein Gesicht und meine Lunge brannten, als ob ich Feuer anstelle von Luft einatmen würde. Dennoch hinderte es mich nicht daran, mein Tempo zu steigern.

Als ich endlich an die Tür des Schmieds klopfte, war ich völlig verschwitzt. Tristans Vater, der nicht sein leiblicher war, öffnete mir die Tür. Er wusste von unserer Liebschaft und duldete sie. Er liebte Tristan wie seinen eigenen Sohn und zog ihn nach dem Tod der Mutter als solchen auf. Wer sonst hätte es tun können? Sein weiches Herz hatte ich schon immer bewundert.

„Komm rein, Kind. Hat man dich gesehen?", fragte er, scheuchte mich ins Haus und blickte sich nach allen Seiten hin um.

„Nein, ich denke nicht", antwortete ich und wartete, bis er die Tür schloss. Ich hatte immer das Gefühl, dass, wenn er mich ansah, Mitleid in seinem Blick lag. Wahrscheinlich stimmte diese Vermutung sogar. Wenige Sekunden später hörte ich Schritte auf dem Holzboden näherkommen.

„Tristan", murmelte ich, als er vor mich trat. Es schickte sich nicht, ihm einfach um den Hals zu fallen, doch hier fühlte ich mich sicher. Sicherer als irgendwo sonst auf der Welt und so tat ich, wonach mir war. Tristans Vater verließ wie immer höflich und schweigsam den Raum. Er war kein Mann der vielen Worte. Als ich Tristans Lippen berührte, brannten diese wie Feuer auf meiner Haut.

„Es ist gefährlich, was du hier tust, Liebste", flüsterte er mit dunkler, rauer Stimme, als er sich von mir löste. Ich sah ihm direkt in seine blauen Augen, die wunderbar zu seinen dunklen, lockigen Haaren zu passen schienen, und lächelte. In seiner Nähe konnte ich nicht anders. Es war, als würde bei ihm alles wieder gut werden.

„Vater wird mich schon nicht umbringen", spielte ich die Situation herunter. „Ich bin sein einziges Kind."

Es verstrichen Minuten, die von Schweigen durchzogen waren.

Ich hörte lediglich den Wind, der draußen toste, und hin und wieder ein paar Hufe auf dem Asphalt.

Plötzlich durchbrach Tristan die Stille. „Lass uns fliehen", flüsterte er kaum hörbar, sodass ich mich zuerst fragen musste, ob diese Worte tatsächlich ausgesprochen worden waren. Doch als sich ein entschlossener Blick in seine kantigen Gesichtszüge legte, war ich mir sicher. Er hatte das ausgesprochen, was ich mir sehnlichst erträumte, was ich mich niemals getraut hätte, selbst zu sagen. Mein Hals war so trocken, dass ich nur ein Nicken hervorbrachte.

Tristan warf einen Blick nach draußen. Das Zwielicht fing an, die Wolken zu durchbrechen, und sich einen Weg auf die Erde zu bahnen. Zeit für mich zu gehen.

„Pack deine Sachen, nimm nur das Nötigste mit und komme in der nächsten Nacht zu mir." Er umfasste mein Kinn und zwang mich so, ihn anzusehen.

„Ich werde da sein", flüsterte ich. Es war ein Versprechen. Ein Versprechen für die Ewigkeit. Das vermutlich wichtigste, das ich je gegeben hatte.

Schon vor langer Zeit hatten wir uns ausgemalt nach England, in ein anderes Königreich zu fliehen. Damals noch wussten wir nicht, dass es je wirklich werden könnte. Nun standen wir hier und planten mit stummen Blicken unsere Flucht.

Ich drückte ihm einen letzten Kuss auf die Lippen und verschwand hinaus in die kühle Luft.

Erst im Laufe des Tages bemerkte ich, dass ich recht behalten hatte. Mein Verschwinden an diesem Morgen war nicht bemerkt worden. Ich hatte schon früh mit Mutter gesprochen sowie mit Vater, aber keiner der beiden hatte ein Wort gesagt. Noch nicht einmal ein vorwurfsvoller Blick hatte mich erreicht.

Wenn ich an die künftige Nacht dachte, verspürte ich seltsamerweise kein schlechtes Gewissen. Meine Eltern würden ihr einziges Kind verlieren, doch wenn ich hier bliebe, würde ich mich selbst verlieren.

Ich konnte also nicht anders. Ich steckte wie ein Vogel im Käfig und wollte nun endlich die Flügel ausbreiten, bevor ich in den nächsten Käfig, in meine persönliche Hölle ohne Tristan gesteckt werden konnte.

Den ganzen Tag über arbeitete ich hart in der glühenden Mittagssonne, getrieben von den Gedanken bald mit Tristan vereint sein zu können. Wären wir erst einmal in England, würde man uns nicht finden können. Wir wären auf ewig von hier verschwunden.

Der einzige Grund für einen schwarzen Fleck in meinem Herzen war der Gedanke, Tristans Vater wehzutun. Aber ich glaubte ganz fest daran, dass er ihm nur das Beste wünschte. Daher ertrug ich diesen Gedanken still.

Am späten Nachmittag ritt mein Vater in die Stadt. Er hatte Besorgungen zu erledigen, während ich heimlich meine wenigen Sachen in einen Beutel steckte, den ich im Stroh verstaute.

Ich beobachtete ein letztes Mal das Vieh auf der Weide, die nun in einem schönen Sonnenuntergangsrot erstrahlte.

Ich bereitete gerade mit Mutter das Abendessen vor, als Vater zur Tür herein kam. Er schien sich bester Laune zu erfreuen, was mich verwunderte. Normalerweise war er nicht so glücklich, wenn er aus dem Dorf kam.

„Hast du alles finden können, was du brauchtest, Vater?", fragte ich, senkte aber meinen Kopf.

„Sehr wohl", antwortete er. „Ich habe gute Geschäfte machen können."

Er setzte sich neben mich und nahm sich ein Stück Brot, das er sich gleich in den Mund schob. Auch ich nahm mein Stück und biss vorsichtig ab. Vater erzählte von seinem Nachmittag im Dorf, aber ich hörte nur mit halbem Ohr zu. Viel zu sehr war ich mit der bevorstehenden Flucht beschäftigt. Doch kurz darauf erweckten seine Worte letztlich doch noch mein Interesse.

„Ich habe erfahren, dass einige junge Männer heute aus dem Dorf in den Krieg eingezogen wurden. Man hat sie einfach holen lassen. Sie mussten sofort aufbrechen. Ein Glück erging es Gabriel, deinem Verlobten, nicht so." Letzteres richtete er an mich.

„Einfach so?", staunte Mutter.

Mir hatte es die Sprache verschlagen. Mir wurde eiskalt und

heiß zugleich, was wirklich ein eigenartiges Gefühl war. „Natürlich einfach so", antwortete Vater und schüttelte über meine Mutter den Kopf.

„Wer denn alles?", fragte ich möglichst unauffällig. Meine Stimme war kratzig und ich räusperte mich kurz.

Er wandte sich mir zu. „Hans zum Beispiel. Erinnerst du dich? Er war der Junge, der, als ihr Kinder wart, oft mit seiner Familie unsere Milch kaufte. Dann noch einige, deren Namen dir gewiss nichts sagen werden, einige kannte ich ja selbst nicht einmal. Und dann noch der Bastard vom Schmied, mit dem du diese entsetzliche Liebelei hattest. Er war einer der Ersten, der geholt wurde. Ich hoffe für seinen Vater, dass es eine Erleichterung ist, endlich dieses Kind los zu sein."

Plötzlich war alles nur noch grau. In meinen Ohren war ein Rauschen, das ich weder deuten konnte, noch wusste, wie ich es wegbekam. Mein Körper war taub, gelähmt, wenn man es so will, und ich hatte Mühe, die heraufkommenden Tränen zu unterdrücken.

Ich harrte ein paar weitere Minuten aus, ertrug die Stimme meines Vaters, die von der Landwirtschaft sprach, und eilte dann in meinen Schlafraum.

Das konnte doch nicht wahr sein? War das überhaupt möglich? Ich musste sofort ins Dorf!

Die Nacht wollte gar nicht beginnen, so zumindest war mein Gefühl. Als sie endlich doch da war, schlich ich mich mit zittrigen Beinen hinaus. Es war mir egal, wer mich dabei sah.

Der Weg war schier unendlich und ich bemerkte erst, dass mein Gesicht voller Tränen war, als ich vor der Tür des Schmiedes stand.

Mein Klopfen zerriss die Nacht und hörte sich ohrenbetäubend laut an. Mit rot geränderten Augen stand schließlich Tristans Vater vor mir. In diesem Moment war es mir bewusst. Mir war klar, dass mein Vater keine Lügen erzählt hatte. Sie hatten ihn geholt.

Sein Vater ließ mich herein.

„Nein", murmelte ich und weitere Tränen flossen aus meinen Augen.

„Es tut mir leid." Seine Stimme war kaum mehr als ein Flüstern.

„Denkst du, er wird zurückkommen?", hauchte ich. Jetzt kam es mir hier viel weniger sicherer, viel kälter und viel trostloser vor als sonst.

„Er muss", antwortete der Schmied bloß. Seine Worte waren tränenerstickt. Ich konnte nicht ahnen, ob er selbst daran glaubte, oder ob er es für nicht sehr wahrscheinlich hielt. Ich wusste nur, dass ein harter Krieg zu führen war, und Tristan, mein Liebster, nun mittendrin steckte.

Alles war vorbei. Die Flucht, alles was wir hatten, war uns genommen wurden. Wären wir doch bloß eine Nacht früher geflohen. Bloß eine Nacht! Von Vorwürfen durchzogen, schloss ich die Augen. Als ich in Gedanken seine Stimme hörte, war es wie ein Segen. Ein Wassertropfen in der Wüste.

„Ich liebe dich, Ella."

Jennifer Petri ist 19 alt und wohnt in Schwentinental. Bereits im Kindesalter entstanden die ersten Ideen zu ihren eigenen Geschichten. Ihre Kurzgeschichten wurden bereits in mehreren Anthologien veröffentlicht.

Erzählung einer Liebe

Agate lernte ich vor einigen Jahren kennen. Onkel Fritz, der mir persönlich sehr nahesteht, hatte davon gesprochen, eine nette Frau kennengelernt zu haben, an der Haltestelle der Straßenbahn hier in Dingen. „Interessant", sagte ich mir. Ich wünschte ihm alles Gute auf Erden ...

Wirklich toll fand ich das für meinen Onkel, war er doch schon etwas älter, nun ja, so um die 70! Ein sittsamer, etwas knurriger, aber nicht selten auch fröhlicher Herr, der mit wenig Rente auskommen musste. Letzteres sollte ihn von nichts abhalten, schon gar nicht von netten Bekanntschaften mit Damen seiner Generation. Gern sagte ich immer mal wieder: „Man muss auf nichts verzichten!" Ich fand das damals und ich finde das genauso noch heute!

Als mein Onkel mit seiner lieben Agate ankam, da war auch ich froh, jemanden wie sie zu treffen: An einem Abend in der Vorweihnacht trafen wir uns in seinem Wohnzimmer. Es erschien eine blond gelockte, jung und sportlich wirkende Dame von etwa sechzig Jahren, die mich breit anlachte, eben so, wie es ihr immer, wie sich dann zeigte, besonders leicht fiel! Ich mochte sie sofort. In der Folgezeit sahen wir drei uns zu allen erdenklichen Gelegenheiten.

Onkel Fritz hielt sich zunehmend häufig bei ihr zu Hause auf, zwischen beiden entwickelte sich eine feste Freundschaft. Weil er sich enorm von ihr angezogen fühlte, wollte er sie möglichst jeden Tag sehen, sodass sich diese Beziehung, die dann so ein Hin und Her zwischen zwei Wohnungen, die wenige Straßen voneinander entfernt in derselben Stadt waren, wurde, überhaupt erst so erfolgreich entwickeln konnte! Ich denke, eine wahre Liebesbeziehung.

Ich konnte diese Entwicklung aus einer gewissen Distanz verfolgen.

Agate faszinierte auf ihre Art, war einfach besonders gut darin, sich anderen Menschen zu widmen und ein lockeres Gespräch zu führen, wenngleich es inhaltlich meist eher oberflächlich gehalten war.

„Schön", dachte ich allenthalben, nachdem ich sie mit den Monaten als Mensch näher kennengelernt hatte. Ja, das kann man gut finden.

Zwischen dem Kennenlernen der beiden an der Haltestelle und dem Auftauchen einer üblen Krankheit lagen mehrere Jahre, die sie und Onkel Fritz bewusst, so darf ich behaupten, zu genießen wussten. Ihr Liebesglück kosteten sie aus.

Ich habe von all dem so viel mitbekommen, weil ich nicht weit entfernt von ihrem Liebesnest, Agates Wohnung, wohnte. Deshalb waren viele Treffen so schnell und leicht realisierbar. Immer wieder kam es dazu, dass wir über die kleinen und etwas größeren Dinge des Lebens plauderten.

Manchmal wurde es mir zu viel mit den Treffen! Zugegeben!

Insbesondere ging es mir auf die Nerven, dass Onkel Fritz mit seiner Agate überraschend bei mir vorbeischaute, um irgendetwas, leider auch ein bisschen großspurig, zu inszenieren. Das war so seine Art. Aber ich nahm es gelassen, weil ich genau wusste, dass wir uns im Grunde immer wieder gut verstehen würden. Gewissermaßen war das eine Dreiecksbeziehung.

Agate begann dann leider, unter einer Krankheit zu leiden. Sie war zunehmend altersverwirrt. Mit einer starken Einschränkung, den Alltag zu bewältigen. Dies war in letzter Zeit, besonders im vergangenen halben Jahr, wesentlich schlimmer geworden.

Inzwischen hat sie einen Heimplatz, den sie nicht mag, aber wohl akzeptieren muss. Onkel Fritz fährt zu ihr, um sie zu besuchen. Ganz oft und ziemlich regelmäßig fährt er zu ihr hin! Sie trinken zusammen gelbe Limonade und sind weiterhin glücklich.

__Kay Ganahl__ ist Diplom-Sozialwissenschaftler und vielseitig schriftstellerisch tätig. Häufig sind es Probleme der Alltagswelt, mit denen er sich auseinandersetzt, zum Beispiel mit der Macht über Menschen.

Das Mädchen mit den Simpelfransen

Der Fotograf drapierte den Rock des jungen Mädchens, das zusammen mit seinem Onkel vor der Kamera stand, dekorativ über einer Reihe von gestuften Unterröcken mit großen und kleinen Volants, bevor er seinen Kopf hinter dem schwarzen Tuch versteckte. Die etwa 14-jährige Friederike, meine Urgroßmutter mit ihrer schlanken, in ein Korsett gezwängten Taille und der hochgeschlossenen, langärmligen Bluse mit dem Spitzenbesatz schaute ernst in den Raum. Ihr Haar war nach hinten gekämmt und ließ ein hübsches, unschuldiges Gesicht frei. Nur die Stirn war mit einem kurz geschnittenen Pony, so würde man es heute nennen, halb bedeckt. Damals aber, das heißt, in den Achtzigerjahren des 19. Jahrhunderts nannte man die neue Haarmode Simpelfransen. Diese Stirnfransen, von denen das Wörterbuch der deutschen Umgangssprache zu vermelden hat, dass es sich dabei um Stirnlocken mit waagerechter Schnittführung handelt, die dem Gesicht einen einfältigen Ausdruck verleihen, waren Anlass zu einem Familienskandal, von dem noch heute in unserer Familie berichtet wird. Urheber dieses Skandals war Friederikes Onkel Robert, der unverheiratete Bruder ihres Vaters, der wie viele junge Männer damals aus wirtschaftlichen Gründen nach Amerika ausgewandert war, und sich jetzt zu einem Besuch bei seiner Familie in Frankfurt aufhielt. Er war in das unverdorbene, frische Mädchen geradezu vernarrt und hätte Friederike am liebsten mit nach Amerika genommen. Damals waren die Simpelfransen in dem fortschrittlicheren Amerika der letzte Schrei, und so führte er seine Nichte kurzerhand, und ohne die Eltern zu fragen, zu dem besten Frankfurter Frisör und ließ ihr diese Haartracht kreieren. Wie man sich denken kann, war der Vater des Mädchens, ein biederer Handwerker und kirchentreuer Katholik, ein konservativer

Mann, der eine Schreinerei für Kirchengestühl besaß, außer sich. Und natürlich wurde nichts aus Friederikes Reise nach Amerika. Doch das Foto mit ihr und dem eleganten Herrn mit imposantem Vollbart, das der Onkel nach vollendeter Tat von sich und seiner Nichte knipsen ließ, zeugt noch heute von dem Stein des Anstoßes.

Wie damals die Mädchen aus gutbürgerlichem Haus wuchs Friederike wohlbehütet auf. Sie besuchte die Schule der Englischen Fräuleins, wo sie Französisch und auch Handarbeiten lernte. Was die Liebe zum anderen Geschlecht anbelangt, so war in diesem engen Rahmen kaum Spielraum für eigene Initiativen. Doch dies war auch nicht nötig, denn das hübsche, anmutige Mädchen zog bald die Blicke der Männerwelt auf sich. Besonders hatte ein Bekannter der Familie ein Auge auf Friederike geworfen und wusste es, mit Geschick so einzurichten, dass er ihr häufig auf der Straße begegnete. Heinrich Hering, der mein Urgroßvater werden sollte, stammte aus einer angesehenen Marburger Tuchfärberfamilie. Im Zuge der Industrialisierung des Tuchfärbergewerbes hatte die einst wohlhabende Familie einen wirtschaftlichen Niedergang erfahren und Heinrich hatte sein Glück in der Stadt Frankfurt als Handelsvertreter gesucht. Es war seinerseits Liebe auf den ersten Blick, als er Friederike begegnete. Doch traf er sie zu seinem Leidwesen nie alleine. Immer war sie in Begleitung ihrer Großmutter, die ihre Enkelin als älteste von drei Schwestern, denen nur noch ein Junge folgte, unter ihre Fittiche genommen hatte. Die Großmutter Andresia war eine resolute Person, die in der Familie das Sagen hatte, und gegen die sich Friederikes aus feinem, gebildetem Haus stammende Mutter nie durchsetzen konnte. Andresias Mann, von Beruf Bierbrauermeister, der im Stadtteil Sachsenhausen eine Gastwirtschaft unterhalten hatte, war früh gestorben und hatte seine Frau mit fünf unmündigen Kindern alleine zurückgelassen. Andresia musste, um zu überleben, die Gastwirtschaft weiterführen und sich nicht selten gegen grobe und randalierende Kunden durchsetzen, was sicher ihren Charakter mit geprägt hatte, dem Zartgefühl fremd war. Von Friederike, die im Zimmer der Großmutter schlief, wurde erzählt, dass sie als junges Mädchen mondsüchtig gewesen sei und nachts im Schlaf ihr Bett verlassen habe. Dagegen sei die Großmutter mit rigoroser Methode vorgegangen. Sie soll der Enkelin einen nassen Scheuerlappen vors Bett gelegt haben, bei dessen Betreten Friederike erwacht sei. Durch diese Radikalkur sei sie ein für alle Mal von dem Übel geheilt worden.

Ging die Großmutter zum Einkaufen auf den Markt, so musste Friederike sie begleiten und ihr den Einkaufskorb tragen. Bisher hatte das Mädchen nie dagegen protestiert, doch als die Begegnungen mit dem jungen, gut aussehenden Heinrich immer häufiger wurden, soll sich folgende Szene abgespielt haben, die zeigt, dass der Marburger der hübschen Frankfurterin nicht ganz gleichgültig war.

Wie immer, wenn sie vom Markt kamen, ging Friederike mit dem Einkaufskorb neben der Großmutter her. Da tauchte in der Ferne die Gestalt des jungen Verehrers auf. Man kann sich gut vorstellen wie Friederikes Herz lauter zu klopfen begann.

„Großmutter, nimm mir doch bitte einmal den Korb ab, dort hinten kommt der Herr Hering!“, soll sie die Alte gebeten haben.

„Wenn der dich mit dem Korb net will, dann brauch der dich aach net ohne den Korb“, war die Antwort der Großmutter in ihrem unverfälschten Frankfurter Dialekt. Inzwischen war aber der Herr Hering schon sehr nahe herangekommen. „Stelle se sich doch emal vor, Herr Hering, da sacht mir doch mei Enkelin, ich soll emal den Korb nemme, weil da der Herr Hering kommt. Un wisse se, was ich gesacht hab? Wenn der dich mit dem Korb net will, dann brauch der dich aach net ohne den Korb. Hab ich net recht?“

„Da haben Sie sehr recht“, pflichtete der Herr Hering bei, der es sich auf keinen Fall mit der Großmutter verderben wollte.

Friederike aber war über und über rot geworden und wäre am liebsten in den Boden versunken.

Diese Episode tat der Liebe Heinrichs zu seiner Angebeteten keinen Abbruch, und bald gelang es den beiden, mithilfe von Freundinnen und Freunden einen heimlichen Briefverkehr aufzunehmen. Ein Brief dieser Korrespondenz ist noch erhalten, in dem sich Friederike beklagt, dass ihr Liebster ihr nicht wie sonst auf rosa Briefpapier geschrieben habe, was sie an der Beständigkeit seiner Liebe zweifeln ließ. Auch der Antwortbrief existiert noch in den Familienpapieren, in dem er ihr versichert, dass er sie mehr als alles in der Welt liebe und dass es sein einziges Ziel im Leben sei, sie als seine Frau glücklich zu machen.

Wenig später hielt er offiziell um ihre Hand an. Im Jahr 1890 schlossen sie den Bund fürs Leben. Die beiden führten eine lange und erfüllte Ehe und konnten im Kreis von Kindern und Enkelkindern fünfzig Jahre später ihre goldene Hochzeit feiern. Das Mädchen mit den Simpelfransen, meine Urgroßmutter, überlebte ihren Mann um 18 Jahre. Ich habe sie noch erlebt und in meiner Kinder- und Jugendzeit oft besucht. Immer wieder gerne hörte ich auch von ihr selbst die Geschichte ihrer Liebe wie ein Märchen aus alter Zeit.

Gerburg Tsekouras *wurde 1944 in Gießen geboren und wuchs in der Nähe von Frankfurt am Main auf. Sie studierte Anglistik, Germanistik und Ev. Theologie und lebt seit 1975 in Athen/Griechenland. Dort war die Autorin im Schul- und Kirchendienst tätig.*

Neulich im Neandertal

„Sagt jetzt nacheinander an, als was ihr morgen kommen wollt!"
Ich weiß bis heute nicht, wozu unserer Lehrer dieses Wissen für
die Vorbereitung unseres Sechstklässler-Faschings benötigte. Bestimmt nicht, um gleiche Verkleidungen zu vermeiden. Neben
der berühmten Trias aus Pirat, Seeräuber und Freibeuter, waren
auch Fee, Zauberer und Funkenmariechen mindestens doppelt
vertreten. Nie hätte ich geahnt, dass diese blöde Frage für mich
das Kennenlernen von etwas ganz Großem bedeuten könne.

Mein Outfit war schon eine Weile fertig. Aus den alten Lamm-
fellbezügen unseres Autos hatte meine Mutter die perfekte Nean-
dertaler-Bekleidung zusammengenäht. Fellreste klebte sie auf ein
paar alte Hausschuhe, ein alter, dicker, abgebrochener Ast diente
mir als Keule, und je zwei zusammengebundene Hühnerknochen
hängte ich über die Ohren. Das sah toll und dämlich zugleich
aus: schlicht originell.

Sicher, bei der Wahl des besten Kostüms ganz weit vorn zu landen, verkündete ich daher stolz: „Als Neandertaler!"

Schräg vor mir saß Anja. Sofort nach ihrer Ansage „als Neandertalerin" drehte sie sich um und warf mir einen bezaubernden
Blick zu. Ich fühlte ich mich ... ja, wie fühlte ich mich? Es war so
neu!

Erst seit einem Monat war ich in der Klasse. Gleich an meinem
zweiten Tag kam Anja wutentbrannt direkt auf mich zu. „Stell dir
vor, die wollen die Guppys ins Klo schütten! Mach was dagegen!"
Zwei Referendare hatten uns in der Stunde davor die Nahrungs-
kette nahebringen wollen. In einem mit Algen übersäten Plastik-
becken präsentierten sie Wasserflöhe und Guppys.

„Besorg eine Plastiktüte!", gab ich ihr als Anweisung mit, rannte

Richtung Toilette und stellte mich mit ausgebreiteten Armen vor die Klotür. „Hier werden keine Tiere sinnlos getötet! Nur über meine ... nur über meinen Arsch, und wenn ich mich dafür auf alle Schüsseln gleichzeitig setzen muss!" Ich war stinksauer. Anja kam mit zwei Tüten angerannt und schaute mich groß an. Meinem Befehl „Da rein!" leisteten die verhinderten Killer sofort Folge, als ich auf die Plastiktüten in Anjas Hand zeigte und suchten dann schleunigst das Weite.

„Boah, das war super, echt super. Ich heiße übrigens Anja", sagte sie.

„Weiß ich doch", antwortete ich. Eine glatte Lüge, aber wenn man so gelobt wird ...

„Ich hatte nicht das Gefühl, dass du mich bisher je angesehen, überhaupt wahrgenommen hast", bedauerte Anja.

„Doch, doch, du bist die, die immer irgendetwas kritzelt, entschuldige, malt." Jetzt musste ich schmunzeln.

„Ne, krickeln ist schon in Ordnung. Ich krickel unheimlich gern. Aber warum musst du lachen? Findest du das doof?", fragte sie unsicher.

„Nein, aber wenn du da so vornübergebeugt am Tisch sitzt, fallen deine langen Haare über die Stirn, und dann sieht das so aus wie bei diesem Hund, bei dem man nicht weiß, wo vorn und hinten ist. Ähm ... Bobtail, genau so heißt der."

Anja schaute ein wenig angesäuert.

Das kam wohl nicht so nett rüber. Ausbügeln war angesagt: „Wenn du dann den Kopf hebst, und die Haare zur Seite fallen, oder du sie aus dem Gesicht pustest ..." Jetzt musste mir nur noch schnell was einfallen. „... dann funkeln deine schönen blauen Augen richtig süß." Oh je, das war fett.

Sie strahlte. „Du findest mich süß?"

„Ähm, ja!", antwortete ich sehr kurz und wollte dann ablenken. „Kannst du mal unter die Tüten fassen? Ich habe Angst, dass die platzen." Sofort packte sie zu, und wir trugen die Fischlein gemeinsam in die Klasse. Kaum hatten wir das Behältnis auf einem Tisch abgestellt, fragte sie noch mal: „Meine Augen funkeln, und sie sind süß?"

„Ähm, ja!“

„Danke, so was Schönes hat noch keiner zu mir gesagt.“ Fast hätte Anja mir ein Küsschen auf die Wange gedrückt. Sie besann sich dann aber, rannte zu ihrem Platz und fing sofort an zu kritzeln. Ich atmete tief durch. Ein Mädchenkuss mitten in der Klasse, das wäre mir doch sehr peinlich gewesen. Aber warum kam sie ausgerechnet zu mir? Ich ging zu ihrem Tisch und fragte einfach. Anja freute sich offensichtlich, dass ich sie noch einmal ansprach. „Du siehst so tierlieb aus, habe ich jedenfalls gedacht, und hatte ja auch recht damit“, meinte sie. „Du schaust überhaupt so ... so ..., als ob man dir vertrauen könnte.“ Anja senkte wieder den Kopf, um zu kritzeln, und sprach dann Richtung Tisch: „Übrigens auch süß, wie du guckst.“

„Und übrigens“, gab ich zurück, „wenn du mir das nächste Mal ein Küsschen geben willst, dann tu’s einfach!“

Sie hob lächelnd den Kopf, pustete ihr Haar von den Augen. „Tu du es doch!“

„Später, vielleicht, oder bestimmt, irgendwann.“ Noch war ich dafür zu feige, fühlte mich aber sehr wohl bei diesem Gedanken. Deshalb kniff ich nur schnell ein Auge zu.

Anja spitzte schnell die Lippen zweimal zu angedeuteten Miniküsschen.

Ich tat das Gleiche. Tatsächlich, sie mochte mich. Sie wollte mir nahe sein. Sie wollte ... ja, was wollte sie, was wollte ich?

Und nun dieses offene Bekenntnis durch steinzeitlichen Partnerlook! Ich fühlte mich einfach großartig!

Nach der Stunde fragte Anja: „Ich hoffe, dass ich dich nicht in Verlegenheit gebracht habe. War das ok?“

„Voll ok, ich freue mich auf morgen, Miss Neandertalerin!“ Meine Antwort bekräftigte ich mit dem schönsten Lächeln, das ich drauf hatte. Schon mischte sich das erste Lästermaul ein. Ich unterbrach es bereits im Ansatz: „Hau ab, du Kleinkind! Ich kann auch nichts für deine Unreife!“ Weitere Versuche waren damit abgebügelt.

Von einigen Mädchen erhielt ich anerkennendes Zunicken und von Anja einen zarten Stups auf die Nase: „Danke, ich war mir sicher, dass du mich nicht enttäuschst!" Wir schauten uns beide nur tief in die Augen, wollten wohl auch gleich mehr Zuneigung austauschen, aber dafür war es noch zu früh. Wir beließen es bei einem Abschiedswinken.

Sie ging mir nicht mehr aus dem Kopf, nicht beim Gang nach Hause, nicht am Nachmittag und erst recht nicht vor dem Einschlafen.

Am nächsten Morgen machte ich mich, top-ausgestattet und voller Erwartung, auf den Schulweg. Nur die Saukälte drückte ein wenig auf die Stimmung, da meine Verkleidung viel Beinfreiheit ließ, und auch sonst sehr luftig war.

Bereits am Vortag hatten wir im Klassenraum die Tische zur Seite geschoben und die Stühle davorgestellt, um eine große Tanzfläche zu schaffen.

Anja war schon da. Sie trug ein rotes Lederkleid im Stil von Wilma Feuerstein und hatte einen großen Hühnerknochen in ihr langes blondes Haar gebunden.

Mir fiel nichts Besseres ein, als sie mit einem Handkuss zu begrüßen: „Entzückend, Gnädigste! Wirklich den Nerv der Zeit getroffen, steinstark!"

„Danke, gleichfalls! Sieht sehr kuschlig-flauschig aus, was du da trägst. Darf ich mal?", sie strich mit ihrer Hand über meine befellte Brust. Mir blieb fast das Herz stehen. Mit solch einer Wirkung der ersten Streicheleinheit hatte ich nicht gerechnet. „Willst du nicht die Musik starten? Ich würde gern mit dir tanzen, aber nicht die Rolling Stones!"

Ihr Scherz brachte meinen Verstand wieder ins Jetzt zurück. „Andy macht das heute, hab ihn gestern noch angerufen, weil ich glaube, dass ich mit Wichtigerem beschäftigt bin, als mich um die Musik zu kümmern." Ich gab meinem Kumpel ein Zeichen zum Loslegen.

Schon vor dem ersten Lied standen Anja und ich auf der Tanzfläche. Schüchtern umfasste ich ihre Taille und sie meine Schultern. Mein Kumpel wollte mir wohl einen Gefallen tun und begann mit einem Schmusesong. Anja schaute mich erwartungsvoll an und ich erwiderte ihren Blick. Sie zog mich an sich. Meine

Hände wanderten tiefer und umschlangen sie enger. Ihre Nase berührte die meine. Sie lächelte und ich konnte dem halb geöffneten Mund nicht widerstehen, umschloss ihn mit meinen Lippen. Unsere Zungen liebkosten sich, spielten miteinander und ich genoss den süßen Geschmack ihres Mundes.

Plötzlich rief unser Lehrer: „Kinder, was soll das! Ist doch ein bisschen heftig euer Geknutsche, ist ja obszön!"

„Und ob das schön ist!" Anja hatte sich langsam und unwillig von mir gelöst und schaute wütend in seine Richtung. „Auf der Klassenfahrt haben Sie uns noch zum Flaschendrehen mit Möchtegern-Küsschen genötigt. Habt euch nicht so, sagten Sie! Und wenn es ernst wird, wenn sich zwei gefunden haben, die ... Haben Sie sich nicht so, sage ich dann! Was wollen Sie machen, uns rausschmeißen? Danke, ich kann mir nichts Schöneres vorstellen, als zu zweit allein zu sein." Anjas Redefluss wurde durch einen noch leidenschaftlicheren Kuss von mir gestoppt. Wir hatten uns gefunden, waren glücklich, und niemand durfte da reinreden.

Bernd Daschek wurde 1963 in Berlin geboren, lebt und arbeitet dort, ist verheiratet und hat drei Kinder.

Wünsch dich ins Wunder-Weihnachtsland

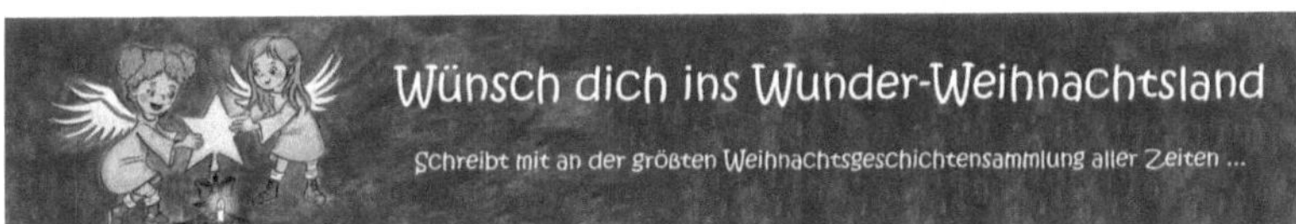

Schreibt mit an der größten Weihnachtsgeschichtensammlung aller Zeiten:

Seit zwölf Jahren sammeln wir mit unseren Wunder-Weihnachtsland-Büchern Geschichten, Märchen, Erzählungen, Haikus, Gedichte ... rund um die schönsten Tage des Jahres – die Advents- und Weihnachtszeit. Hunderte von Texten haben uns in den Jahren erreicht – lustige und besinnliche, heitere und nachdenkliche.

Wenn wir alle Geschichten zusammenfassen, haben wir sicherlich eine der größten Weihnachtsgeschichtensammlungen aller Zeiten für kleine und große Leser zusammengetragen. Und wir schreiben weiter am Wunder-Weihnachtsland – 365 Tage im Jahr.

Einmal im Jahr – immer Anfang November – geben wir ein neues, gedrucktes Buch „Wünsch dich ins Wunder-Weihnachtsland" heraus. Und für alle Kinder und Jugendlichen, die sich an dem Projekt beteiligen, gibt es die Buchausgabe „Wünsch dich ins kleine Wunder-Weihnachtsland". Alle Bücher gibt es mit der Veröffentlichung auch als E-Book und die einzelnen Geschichten veröffentlichen wir in unserer digitalen Wunder-Weihnachtsland-Weihnachtsgeschichtensammlung.

Weitere Infos unter:

www.wuensch-dich-ins-wunder-weihnachtsland.de

Ferienwohnung Drachennest

Feldkirch / Österreich

Ländlich idyllisch und dennoch stadtnah zentral in Feldkirch-Tosters gelegen, nur einen Steinwurf entfernt von der Schweizer und Liechtensteiner Grenze, finden Sie unsere Ferienwohnung Drachennest, den idealen Rückzugsort vom Alltag. Genießen Sie unsere wunderschöne Ferienregion Vorarlberg in Österreich abseits der Hektik der großen Touristikgebiete.

Brechen Sie zu einmaligen Wanderungen und Radtouren auf – entlang des Rheins zum Bodensee oder entlang der Ill mitten hinein in die Berglandschaft des Ländles. Gut ausgebaute Radwege ermöglichen ein stressfreies Radeln, auch für wenig trainierte Radfahrer, da es auf diesen Wegen nur sehr leichte Steigungen gibt.

Starten Sie die schönsten Motorradtouren in die Alpen direkt vor unserer Haustür. Gerne geben wir Ihnen Tipps für tolle Tagestouren, da wir selbst begeisterte Motorradfahrer sind.

Skifahren? Kein Problem? Erreichen Sie die schönsten Skigebiete Vorarlbergs bequem mit öffentlichen Verkehrsmitteln oder mit Ihrem eigenen Fahrzeug.

Gerne begrüßen wir Sie gemeinsam mit Ihrem Haustier in unserer schönen Ferienwohnung in Feldkirch-Tosters. Und sollten Sie an einem Buch schreiben, so stehen wir Ihnen auf Anfrage gerne hilfreich zur Seite.

Information und Buchung:

www.drachennest.at

9 783960 740001